Paul de Kock, Paul de Kock

Die Klatschrosenwiese oder Der verborgene Schatz

Paul de Kock, Paul de Kock

Die Klatschrosenwiese oder Der verborgene Schatz

ISBN/EAN: 9783743448421

Hergestellt in Europa, USA, Kanada, Australien, Japan

Cover: Foto ©Andreas Hilbeck / pixelio.de

Manufactured and distributed by brebook publishing software (www.brebook.com)

Paul de Kock, Paul de Kock

Die Klatschrosenwiese oder Der verborgene Schatz

Die Klatschrosenwiese

oder:

Der verborgene Schatz.

Von

Ch. Paul de Kock.

Aus dem Französischen

von

Dr. G. F. W. Rödiger.

Vierter Theil.

Pest, Wien und Leipzig, 1862.
Hartleben's Verlags-Expedition.

Erstes Capitel.

Ein Handel.

Dem Banquier, der seinen Plan hat, liegt gar nichts an der Besichtigung der Besitzung Duvalloirs, er hat die Gesellschaft verlassen und ist aus dem offen gebliebenen Gitterthor ins Dorf gegangen.

»Ich muß wissen,« sagt er zu sich, »wem jetzt die Wiese gehört; dies ist vor der Hand die Hauptsache. Vielleicht wohnt der Eigenthümer dieses Grundstücks nicht hier. Kurz, ich werde mich erkundigen.«

Vor den ersten Häusern des Dorfes bemerkt Bouffi einen vor der Thür sitzenden alten Bauer; er geht auf ihn zu.

»Lieber Alter, wohnen Sie hier im Dorfe?«

»Ja, Herr.«

»Sie kennen auch wohl alle Leute, die hier wohnen?«

»O ja, ich kenne alle Leute. Ich bin hier im Orte geboren und habe immer hier gewohnt.«

»Dann können Sie mir auch die Auskunft geben, welche ich wünsche. Ich beabsichtige mich hier in der Gegend anzukaufen...«

»O, unsere Gegend ist schön! Das Land ist fruchtbar, Alles gedeiht gut; es gibt Wasser im Ueberfluß.«

»Das scheint mir auch so.«

»Sie wollen das Sykomorenhaus kaufen. Es ist eine schöne Besitzung, die nur besser im Stande gehalten wer=

den müßte. Aber Herr Duvalloir und seine Frau sind auf einmal fortgezogen ... es sind nun bald vier Jahre ... und seitdem haben sie hier nicht mehr gewohnt.«

»Herr Duvalloir und seine Frau, sagen Sie?«

»Ja, ihnen gehört das Sykomorenhaus.«

»Herr Duvalloir ist also verheiratet?«

»Allerdings ... und wenn er nicht Witwer geworden ist, muß er es noch sein.«

»Wissen Sie das gewiß?«

»Ei freilich, ich habe ihn ja mehr als einmal mit seiner Frau hier gesehen. Ein hübsches Weibchen, jünger als er, und ich muß sagen, es war ein schönes Paar.«

»Und sie sind zusammen fortgezogen?«

»Zusammen? Ich glaube wohl, gewiß kann ich's nicht sagen; ich weiß nur, daß eines Morgens erzählt wurde: Es sind die Herrenleute nicht mehr in dem schönen Sykomorenhause, sie sind fort, und es ist nur noch der Gärtner Simon da.«

»Wohnt Simon hier im Dorfe?«

»Nein, er scheint einen andern Platz gefunden zu haben, er hat vor zwei Jahren seinen Dienst verlassen, und den Platz bekam ein junges Paar aus Senlis. Jacquet und seine Frau sind noch jung und denken mehr an Unterhaltungen als ans Arbeiten. Der Garten ist auch ziemlich verwildert.«

»Sagen Sie, das andere hübsche Haus neben der Villa Duvalloir's...«

»Das ist auch eine hübsche Besitzung, die »Klatschrosenwiese« genannt. Die schöne Wiese, die Sie vorn gesehen haben, gehört dem, der das Haus hat. Aber dieses Gut ist nicht zu verkaufen.«

»Ich weiß es, aber wer ist der Eigenthümer?«

»Herr Boudignon.«

»Was ist er?«

»Er war vormals Holzhändler ... ein recht guter Mann, der gern lustig lebt. Er ist von Chantilly.«

»Bewohnt er sein Gut?«

»Ja, ja ... er bewohnt es; aber er hat noch ein Haus in Chantilly und noch eines in Ermenonville. O, er ist reich ... er hat Moneten, der Papa Boudignon.«

»Ist er verheiratet?«

»Nein, er ist Witwer.«

»Hat er Kinder?«

»Ich glaube nicht; aber gewiß weiß ich's nicht.«

»Ist es schon lange, daß er dieses Haus gekauft hat?«

»Nein, höchstens fünf oder sechs Jahre. Vorher gehörte es Herrn Forestier aus Paris, der es an sich brachte, als es nach dem Tode des armen Herrn Bermont verkauft wurde. Ach, der war ein braver Mann!«

»Wissen Sie, um welchen Preis es verkauft wurde?«

»Nein, das weiß ich nicht, ich hätte es nicht kaufen können.«

»Ich danke Ihnen vielmals für die Auskunft, die mir sehr nützlich werden kann, wenn ich hier etwas kaufe.«

»Ihr Diener, mein lieber Herr. Ich plaudere gern, und wenn Sie noch über andere Personen etwas erfahren wollen, so sagen Sie es nur.«

»Ich bin Ihnen sehr verbunden, aber ich weiß jetzt was ich wissen wollte. Leben Sie wohl.«

Der Banquier verläßt den Bauer und geht rasch auf das andere Landhaus zu.

»Jetzt muß ich diesen Boudignon sprechen. Er scheint reich zu sein. Schade, er wird zäh sein. Die Sache muß schlau angegriffen werden.«

Bouffi kommt zu der andern Villa, die viel einfacher ist als das Sykomorenhaus. Hinter dem Gitter bemerkt man indeß eine sehr gut gepflegte und mit Büschen und Blumen besetzte Allee.

Ein Bauernmädchen erscheint.

»Ist Herr Boudignon zu Hause?«

»O ja, er ist unten im Garten und bindet die Erbsen an. Ich will ihn rufen.«

»Nein, ich will ihn nicht stören. Zeigen Sie mir nur wo er ist, und ich will zu ihm gehen.«

»Dort links . . . und dann ganz am Ende. Sie werden ihn bald sehen, er ist dick genug.«

»Ich danke, Jungfer.«

Der Banquier geht an dem sehr hübschen Hause vorüber und durch einen schönen Ziergarten. In dem von diesem durch ein Stacket getrennten Gemüsegarten sieht er einen kleinen beleibten Mann in blauem Kittel auf einem Erbsenfelde beschäftigt.

Der kleine Mann, der fast so kugelrund ist wie die Kohlköpfe in seinem Garten, sieht in seiner gebückten Stellung den Fremden nicht kommen, so daß dieser an ihn herantritt und ihn anredet:

»Habe ich die Ehre, Herrn Boudignon zu sprechen?«

»Ei, Jemand da!« erwiedert der dicke Papa, der sich aufrichtet und ein sehr gewöhnliches, fast violettes, aber heiteres Gesicht zeigt. »Sie standen hinter mir und ich wußte es nicht! Wo kommen Sie denn her?«

»Ich komme von der Straße, und da ich in einer wichtigen Sache mit Ihnen zu reden habe, so habe ich mir die Erlaubniß genommen, Sie hier aufzusuchen.«

Der Ton des Banquiers flößt dem kleinen Manne einen gewissen Respect ein; er greift an seine Mütze und erwiedert:

»Entschuldigen Sie... aber wenn man nicht weiß... wir wollen in's Haus gehen. — Schaun Sie, wenn man die Erbsen nicht anbindet, so kriechen sie auf der Erde fort und man tritt darauf.«

»Ich bitte Sie, lassen Sie sich nicht stören, ich kann Ihnen hier sehr gut sagen, was mich zu Ihnen führt...«

»Wirklich! Nun, so lassen Sie hören.«

»Ich heiße Bouffi de Nogent, ich bin Banquier in Paris; ein Freund von mir ist in dem Nachbarhause, das zu verkaufen ist...«

»Sie meinen das Sykomorenhaus?«

»Ja wohl.«

»Eine schöne Besitzung, sehr nobel.«

»Dieses Gut gefällt meinem Freunde sehr; ich glaube, daß er es kaufen wird. Da wir nun fast immer Nachbarn gewesen sind, so würde es ihm und auch mir sehr lieb sein, wenn sich Gelegenheit fände, ein Landhaus neben dem seinigen anzukaufen. Ich habe nur dieses in der Nähe gesehen, und ich nehme mir die Erlaubniß Sie zu fragen, ob Sie Ihr Haus verkaufen wollen, denn ich möchte auch auf dem Lande der Nachbar meines Freundes werden.«

»Was! Sie wollen mein Haus kaufen? Ich habe ja keinen Zettel ausgehängt.«

»Ich weiß es wohl, Herr Boudignon, und ich würde Ihnen auch ohne den erwähnten Umstand diesen Antrag nicht gemacht haben. Man denkt ja nicht immer an den Verkauf einer Besitzung, aber eine gute Gelegenheit kann einen frühern Entschluß ändern. Vielleicht legen Sie keinen großen Werth auf dieses Haus und Sie besitzen auch wohl noch andere...«

»Ja freilich habe ich noch andere Häuser, und mehr als eines!... Und es ist Ihnen auf einmal eingefallen, mein Haus kaufen zu wollen.«

»Wie gesagt, ich möchte auch auf dem Lande der Nachbar meines Freundes sein... und es gibt hier in der Nähe keine andern eleganten Wohnungen.«

»Nein, es ist hier nur mein Haus und die Villa Duvalloir. Im Dorfe ist freilich noch Noirot's Haus, aber es ist ein Bauernhaus, das Ihnen wohl nicht anständig sein würde.«

»Nein, es würde sich nicht zur Wohnung für mich eignen. Ihr Haus schien mir von außen recht hübsch; ich weiß nicht, ob das Innere mir eben so gefallen würde.«

»Nun, ich will's Ihnen zeigen. Wenn Sie kaufen wollen, müssen Sie es auch sehen.«

»Das scheint mir sehr nothwendig.«

»Warten Sie... ich bin bald mit diesem Erbsenfelde fertig, dann gehe ich mit Ihnen.«

»Es würde mir sehr leid thun, Sie zu bemühen. Könnte mich denn Ihre Hausmagd nicht begleiten?«

»Die Hausmagd!... O, die würde Ihnen nicht die

Hälfte des Hauses zeigen, um schneller fertig zu werden. Da bin ich schon fertig. Kommen Sie. Aber vorher müssen Sie sich erfrischen; es ist warm und man bekommt Durst.«

»Ich danke Ihnen, ich habe gefrühstückt...«

»Das thut nichts, man kann immer noch ein Gläschen trinken.«

Bouffi weiß wohl, daß man mit Leuten auf dem Lande kein Geschäft zu Stande bringt, wenn man mit ihnen nicht trinkt. Der Wein allein macht sie willfährig, und oft nehmen sie es sehr übel, wenn man den angebotenen Trunk ablehnt. Deshalb beharrt er nicht bei seiner Weigerung und entschließt sich nöthigenfalls einige Gläser Landwein zu trinken.

Ehe der dicke Papa Boudignon mit dem Pariser das Haus betritt, zeigt er ihm den Garten, die zahlreichen Obstbäume und Blumen. Bouffi nimmt Alles sorgfältig in Augenschein. Bei dem Hause ist ein großer, mit schönen Linden umgebener Rasenplatz.

»Dies ist der Tanzplatz,« sagt Boudignon, »wenn man tanzlustigen Besuch bekommt. Als Herr Forestier noch hier wohnte, kamen nur vornehme Leute aus Paris; es wurden Feste gegeben, Feuerwerke abgebrannt. Ich bekomme wenig Besuch und für mich allein kann ich doch Feuerwerk abbrennen.«

»Dann brauchen Sie auch kein so großes. Denn es scheint sehr groß zu sein...«

»O ja; Sie sollen's sogleich sehen. Doch ein. — Jeanne, bring' Wein und Gläser!«

»Wir könnten ja nach dem Besuch des Hauses trinken.«

„Nachher trinken wir auch... aber man muß sich doch vorher ein bischen anfeuchten."

Boudignon führt den Banquier in ein sehr schönes Speisezimmer, wo man bequem fünfundzwanzig Personen bewirthen kann. In dieses Zimmer tritt man aus einer Vorhalle, welche mehrere Thüren hat, und während das Hausmädchen Wein und Gläser holt, geht Bouffi in die Vorhalle und wirft einen Blick in die verschiedenen Räume.

„Sie sehen, daß es hübsch möblirt ist," sagt der dicke Papa. „Ich habe es mit der ganzen Einrichtung gekauft. Herr Forestier war ein feiner Mann. Wenn ich's verkaufte, würde ich's ebenfalls mit allen Möbeln weggeben."

„Das wäre mir auch recht lieb."

„Jetzt wollen wir zuerst ein's trinken."

Bouffi sieht sich nach einer Wasserflasche um, aber er bemerkt keine.

„Auf Ihre Gesundheit!"

„Ich danke."

„Wie finden Sie ihn?"

„Sehr gut. Wo ist er gewachsen?"

„In meinen Weingärten bei Argenteuil."

„So! Dort haben Sie auch eine Besitzung?"

„Ich habe überall Besitzungen. — Trinken Sie doch; was suchen Sie denn?"

„Eine Wasserflasche."

„Eine Wasserflasche ist nie in mein Haus gekommen. Das Wasser verdirbt den Wein. — Auf Ihre Gesundheit!"

„Aber Ihr Wein ist sehr stark, und..."

»O, er wird Ihnen nicht schaden. Trinken Sie doch!«

»Ich habe getrunken ... ich möchte gern das Haus sehen.«

»Erst müssen wir die Flasche ausstechen. In meinem Hause bleibt nie ein Rest darin, es ist eine Beleidigung der Flasche.«

Als die Bouteille leer ist, zeigt der dicke Mann dem Banquier das ganze Haus, welches geräumig, bequem und geschmackvoll möblirt ist. Man sieht wohl, daß der vormalige Holzhändler die Einrichtung nicht gewählt hat. Dieser sagt so oft als er ein Zimmer öffnet:

»Nun, wie gefällt es Ihnen? Das ist Luxus. Aufrichtig gesagt, es ist zu schön für ein Landhaus, ich würde es nicht so möblirt haben. Aber es war so, und ich habe es so gelassen.«

»Es ist wahr, wer wenig Besuch bekommt ...«

»Und zumal wer nur von lustigen Brüdern von meinem Schlage besucht wird. Wir setzen uns nicht in die Fauteuils, um sie nicht zu beschmutzen. — Wollen Sie oben die Stuben für die Dienerschaft sehen? Es ist auch recht hübsch. Ich habe mich in einer Gesindestube häuslich niedergelassen, ich fühle mich behaglicher als in diesen Zimmern.«

Der Banquier lächelt unwillkürlich über diesen Hausherrn, der keine Gäste beherbergt und lieber in einer Gesindestube als in einem der leeren schönen Zimmer wohnt.

»Was ich gesehen habe, genügt mir,« sagt er zu dem Papa Boudignon. »Im Ganzen werde ich mit dem

Hause und der Einrichtung zufrieden sein. — Ist das Alles? Sind sonst keine Grundstücke dabei?«

»Nur Geduld, Freundchen. Kommen Sie an dieses Fenster. Sehen Sie die schöne Wiese dort?«

»Ja, ein recht hübscher Anblick.«

»Die Wiese gehört zum Hause und wird mit ihm verkauft.«

»So! Die Wiese gehört zu dieser Besitzung?«

»Ja, es ist ein schönes Grundstück . . . einundzwanzig Morgen groß . . .«

»Wirklich!«

»Ich weiß es, ich habe die Wiese gemessen.«

»Ja, es ist recht hübsch. Nur der darüberführende Fußpfad gefällt mir nicht, es gehen alle Leute hinüber. Wenn ich der Eigenthümer wäre, würde ich die Wiese absperren lassen.«

»Das dürfen Sie nicht, denn der Fußpfad ist ein altes Recht und darf nicht abgesperrt werden; so steht's in den Grundbüchern.«

»Der Werth der Wiese wird aber sehr dadurch vermindert.«

»Warum denn? Eine Wiese wird nie abgesperrt wie ein Weingarten. Klee und Luzerne stiehlt kein Mensch. Und wenn sie abgesperrt wäre, so würde der Anblick nicht so schön sein.«

»Das ist möglich; aber wenn ich ein Grundstück habe, so ist es mir nicht angenehm, daß alle Leute darüber gehen.«

»Der Preis wird auch darnach bemessen. Ohne diese Servitut würde die Wiese mehr kosten. Aber ich bin ein

guter Kerl; wenn Ihnen das Haus gefällt und wir einig
werden, so nehmen Sie es ohne die Wiese; mir ist's egal,
ich behalte auch das Grundstück.«

»Nein, nein!« fällt ihm der Banquier ins Wort.
»O, das Haus würde mir ohne die Wiese nicht gefallen,
sie erhöht den Reiz. Und ein anderer Eigenthümer könnte
darauf bauen . . .«

»Und Ihnen die Aussicht versperren, das ist wahr.
Sie würden also das Ganze nehmen?«

»Ja, die Wiese und das Haus. Sagen Sie, wie
viel verlangen Sie dafür?«

»Nur Geduld, ich gehe nicht so geschwind in Ge=
schäften zu Werke. Wir wollen noch eins trinken.«

Man begibt sich wieder in das Speisezimmer. Bou=
dignon läßt zwei Flaschen kommen, zum großen Schrecken
des Banquiers, der nicht umhin kann sich zu setzen und
sein Glas zu leeren.

»Behandeln Sie mich nicht zu hart, Herr Boudig=
non. Es liegt Ihnen ja, wie ich glaube, wenig an dem
Hause, das nicht nach Ihrem Geschmack möblirt ist . . .«

»Sie glauben, es liege mir nichts daran? Was fällt
Ihnen ein? Sie sehen ja, daß ich an einen Verkauf gar
nicht gedacht habe, Sie haben mir den Antrag gemacht.«

»Ja, weil ich gern der Nachbar meines Freundes
sein möchte.«

»Die Ursache ist mir ganz gleichgiltig. — Trinken
Sie doch! — Kurz und gut, Sie möchten's gern haben. —
Auf Ihre Gesundheit!«

»Nun, welchen Preis verlangen Sie für das Haus
sammt Möbeln und Wiese?«

»Hm! das muß ich mir überlegen. Trinken Sie doch!«

»Ich habe soeben getrunken.«

»Folglich müssen Sie wieder ein Glas darauf setzen, um die Kehle nicht trocken werden zu lassen. — Zahlen Sie baar?«

»Ich zahle baar, wenn Sie es wünschen.«

»O ja, sonst würde ich nicht verkaufen.«

»Ueberlegen Sie sich's und machen Sie Ihren Preis. In dieser einsamen Gegend sind die Grundstücke nicht theuer.«

»Glauben Sie? Die Grundstücke sind vielmehr hoch im Preise.«

»Der Ort ist drei Viertelstunden von der Eisenbahn entfernt, die Wege sind schlecht ...«

»O, wir haben eine sehr gute Straße, und von hier zur Station wird eine andere angelegt.«

»Gott weiß wann ...«

»Auf Ihre Gesundheit, Herr ... ich habe Ihren Namen vergessen.«

»Bouffi de Nogent.«

»Bouffi! Der Name würde für mich besser passen als für Sie, denn Sie sind nicht dick.«

»Wie viel verlangen Sie für die Besitzung?«

»Nur Geduld, ich muß mir die Sache überlegen. Sie können versichert sein, daß ich kein Araber gegen Sie sein werde.«

»Ich halte Sie dessen nicht fähig.«

»Ich will Ihnen den genauesten Preis sagen! ... aber Sie trinken ja nicht.«

»Erlauben Sie, ich will mir keinen Rausch trinken, ich will wissen, was ich thue.«

»Einen Rausch . . . mit zwei Flaschen Wein!«

»Sie versicherten, daß Sie kein Araber gegen mich sein würden.«

»Ja, mein lieber Herr . . . Bouffi . . . ha! ha! ich muß über Ihren Namen lachen. Auf Ehre, er gefällt mir.«

»Das freut mich. Aber nennen Sie den Preis.«

»Sie wissen, daß ich dieses Haus nur aus Gefälligkeit verkaufe; ich hatte gar nicht daran gedacht.«

»Ja, ich weiß es . . . sagen Sie gefälligst den Preis.«

»Nun, am Ende werden wir schon so weit kommen. Sie verstehen, ich möchte Ihnen angenehm sein, aber ich muß meine Rechnung dabei finden. — Ich soll also ganz allein trinken? Was ist denn ein Mann, der sich vor einem Glase Wein fürchtet!«

Der Banquier trinkt noch ein Glas, um das Geschäft leichter zum Abschluß zu bringen. Der dicke Papa leert sein Glas, hält die Hand an die Stirn und sagt:

»Die Sache ist so: ich habe fünfunddreißigtausend Francs für diese Besitzung gegeben, weil Herr Forestier Geld brauchte.«

»Und mir lassen Sie sie für dreißigtausend.«

»Sie sind fürwahr ein Schlaukopf. Da würde ich ein schönes Geschäft machen! Ich lasse sie Ihnen für fünfundvierzigtausend.«

»Fünfundvierzigtausend Francs! Was fällt Ihnen ein? Sie scherzen, Herr Boudignon.«

»Ich scherze recht gern . . . aber ich spreche wie mir der Schnabel gewachsen ist.«

»Sie wollen zehntausend Francs gewinnen!«

»Warum nicht? Das Gut ist mehr werth, als ich dafür gezahlt habe.«

»Fünfundvierzigtausend Francs, die nichts eintragen.«

»Sagen Sie das nicht. Luzerne wird immer gut bezahlt.«

»Wenn der Fußpfad nicht über die Wiese führte, so ließe ich's noch gelten; aber alle Leute gehen nicht nur auf dem Wege, sondern zertreten auch das Gras.«

»Trotzdem trägt die Wiese in den schlechtesten Jahren zwölf- bis vierzehnhundert Francs.«

»Für fünfundvierzigtausend ein schöner Ertrag!«

»Rechnen Sie denn das Haus für nichts?«

»Es kann Ihr letztes Wort nicht sein; ich biete Ihnen achtunddreißigtausend Francs.«

»Geht nicht, lieber Herr. — Aber trinken Sie doch!«

»Nun, ich will vierzigtausend geben und stoße mit Ihnen an. Ich trinke aus, wie Sie sehen.«

»Um Ihnen zu zeigen, daß ich gefällig bin, lasse ich tausend Francs nach. Jetzt werden Sie doch nicht bezweifeln, daß ich ein guter Kerl bin. — Trinken wir noch eins!«

Der Banquier, in der Meinung, daß ihm der dicke Papa tausend Francs nachgelassen, weil er sein Glas auf einen Zug geleert, stürzt noch ein volles Glas hinunter, um eine weitere Preisermäßigung zu erzielen; aber vergebens leert er ein zweites, drittes Glas. Der Holzhändler, der nie berauscht wird, läßt keinen Heller mehr nach, und Bouffi, der sich ganz betäubt fühlt, verläßt ihn mit den Worten:

»Vierzigtausend Francs baar. In einigen Tagen werde ich wiederkommen, und Ihre Antwort holen, denn Ihr Wein steigt mir zu Kopf; ich will nicht mehr trinken.«

Papa Boudignon antwortet ihm lachend:

»Sie können nicht trinken. Vierundvierzigtausend ist mein letztes Wort. Aber entschließen Sie sich schnell, sonst verkaufe ich nicht mehr, oder Sie müssen einen höheren Preis zahlen.«

Zweites Capitel.

Eine hübsche Gärtnerin.

Bouffi war sehr lange bei Boudignon geblieben, es war halb acht Uhr, als er sich wieder in das Sykomorenhaus begab. Hier hatte sich inzwischen mancherlei zugetragen.

Die schöne Hortense und ihr Cavalier Grébois hatten sich wahrscheinlich im Park verirrt, denn sie waren erst nach sieben Uhr wieder in's Haus gekommen. Madame Burgrave hatte auf ihrer eiligen Flucht vor der vermeinten Schlange auf den Saum ihres Kleides getreten, ihren Hut an wilden Rosenbüschen zerrissen und zwei Blumenkränze verloren. Endlich war sie in jammervollem Zustande, feuerroth, athemlos, mit zerrissenen Kleidern und zerzaustem Kopfputze in den Salon gestürzt und hatte immerfort gerufen:

»Hilfe, Hilfe! ... eine Schlange!«

Madame Coquelet war lange im Garten und im Park spazieren gegangen, hatte jede Grotte, jeden Kiosk, jeden Pavillon besucht, und hatte sich endlich dem Hause genähert, wo sie wenigstens einen Theil der Gesellschaft zu finden hoffte. Da sie die gewundenen Gartenwege nicht kannte, so kam sie in die Nähe der Nebengebäude, und als sie an einem Schoppen vorbeiging, wo Stroh und Heu aufbewahrt wurde, hörte sie eine wohlbekannte Stimme. Sie stand still, um zu lauschen. Die Stimme sagte:

»Laß' Dich küssen, holde Gärtnerin. Du bist lieblich wie eine Rose.«

»Herr, lassen Sie mich in Ruhe; ich habe Ihnen schon gesagt, daß ich mich nur von meinem Manne küssen lasse.«

»Bah, das sagen alle Weiber und sind doch nicht grausam.«

»Ich weiß nicht, ob die Pariser Damen grausam sind; aber hier ist's nicht unser Brauch. — Wenn man Ihre Frau heimlich küßte — denn die junge Dame, die ich in der Gesellschaft gesehen, scheint doch Ihre Frau zu sein — was würden Sie dann sagen?«

»Gar nichts würde ich sagen; ich würde es wahrscheinlich auch nicht wissen.«

»Aber wenn Sie es wüßten?«

»Ich würde darüber lachen. Wer zu leben weiß, wird über solche Lappalien nicht böse. Das wäre gemein.«

»Dann ist mein Mann sehr gemein, denn er würde Jeden, der sich unterstände seine Frau zu küssen, tüchtig durchprügeln.«

»Dein Mann ist nicht da, er holt Kaffee aus dem Dorfe; ich weiß es, er selbst hat mir's gesagt.«

„O, das ist alleseins, ich brauche ihn nicht, um mich zu wehren."

„Einen Kuß raube ich Dir doch."

„Lassen Sie mich in Ruhe, Sie sollen mir gar nichts rauben. Sie haben mich gekniffen und dafür einen Fußtritt bekommen. Nehmen Sie sich in Acht."

Der Herr scheint sich aber nicht in Acht zu nehmen, denn der Warnung folgt eine lautschallende Ohrfeige. Nun tritt Euphrasia vor und wirft einen vernichtenden Blick auf ihren Mann, der seine Wange hält und sich verlegen abwendet.

Die junge Frau sagt zu der hübschen Gärtnerin:

„Bravo, mein liebes Weibchen. Wenn alle Frauen die zudringlichen Männer so behandelten, würden die Herren sich etwas anständiger benehmen."

Frau Jacquet, die über das Erscheinen der jungen Dame eben so verblüfft ist, stammelt:

„Madame, nehmen Sie es nicht übel, daß ich Ihrem Herrn Gemal einen Klatsch gegeben habe. Ich hatte ihn gewarnt, er brauchte mich nur in Ruhe zu lassen."

„Ich nehme es Ihnen durchaus nicht übel, ich danke Ihnen vielmehr, denn Sie haben mich gewissermaßen gerächt. Wenn man vier Monate verheiratet ist, macht sich's recht hübsch, nicht wahr? ... Da geht er fort. Und ohne Zweifel ärgert er sich, daß ich ihn ertappt habe."

„Madame, sagen Sie nichts davon, denn Jacquet wäre im Stande, Ihren Mann zu prügeln."

„O nein, fürchten Sie nichts, es bleibt unter uns. Aber Couqelet soll dafür büßen!"

Die junge Frau begibt sich in den Salon, wo Burgrave, der den ganzen Tag am Billard zugebracht, endlich triumphirend erscheint.

»Alles coulant gemacht! Das hat Mühe gekostet. Das Billard ist fast neu. Die Blusen waren hermetisch verschlossen; ein Eckloch war gar nicht practicabel. Eine unbegreifliche Dummheit! So wie es war, konnte man keinen Ball in ein Eckloch spielen ... Jetzt ist's ein Billard, das sich sehen lassen kann. — Aber was fehlt Dir denn, Rosa ... Rosina? Du siehst ja ganz erschöpft aus?«

»Es ist nicht zu verwundern,« antwortet Rosalvina, die mit scheuen Blicken unter die Stühle und Tische schaut ... »Ich bin einer großen Gefahr entgangen.«

»Wirklich? Was für einer Gefahr?«

»Eine Schlange war mir im Garten ganz nahe...«

»Eine Schlange! Hast Du sie gesehen?«

»Ja, beinahe gesehen. — Da kommen Madame Bouffi und Herr Grébois; sie werden Dir sagen, daß es keine Einbildung ist. — Nicht wahr, liebe Dame? Denn Sie haben sie doch auch gesehen?«

»Was denn?« fragt Hortense, die ebenfalls sehr ermüdet scheint und sich auf einen Divan setzt.

»Die Schlange im Garten ... haben Sie sie nicht gesehen?«

»Die Schlange? Ja wohl, ich habe eine Schlange gesehen.«

»War sie sehr groß?«

»Sie war ... von gewöhnlicher Größe.«

»Was verstehen Sie unter gewöhnlicher Größe?« fragt Burgrave.

»Ich meine ... beiläufig wie ein Aal. Ich fürchtete

mich eben so sehr wie Madame und nahm mir wenig Zeit sie zu betrachten.«

Coquelet gesellt sich auch wieder zur Gesellschaft; er sieht sehr verlegen und verdrießlich aus, spricht kein Wort und weicht seiner Frau aus.

Bald erscheint der Gärtner und sagt zu der Gesellschaft:

»Wenn die Herren und Damen speisen wollen ... es ist Alles bereit.«

»Schon!« sagt Madame Bouffi.

»Madame, Sie wünschten um sieben Uhr zu speisen, und es hat längst geschlagen.«

»Wo ist denn mein Mann? Ich habe ihn im Garten nicht gesehen.«

»Man hat ihn seit unserer Ankunft nicht gesehen,« setzt Euphrasia hinzu.

»Der Herr ist aus dem Hause gegangen,« sagt Jacquet; »man hat ihn im Dorfe gesehen ...«

»Im Dorfe! Was hat er da zu thun?«

»Er wird gewiß bald kommen; wir müssen ihn erwarten,« sagt Grébois.

»Ja, wir wollen warten. — Gärtner, halten Sie die Speisen warm.«

»Ich will's meiner Frau sagen. Aber es ist Schade, die Speisen werden nicht mehr so gut sein.«

»Er hat Recht,« setzt Burgrave hinzu, »ein aufgewärmtes Diner taugt nichts.«

»Hast Du Hunger?« fragt Rosalvina ihren Mann.

»O ja, es wird mir recht gut schmecken. Und Du, mein Kind?«

„Ich! O nein. Die Schlange hat mir den Appetit geraubt. Geht's Ihnen auch so?"

Diese Worte richtete sie an die Banquiersfrau, welche sich zierend antwortet:

„O nein, die Schlange hat mir den Appetit nicht geraubt; ich glaube sogar, daß sie mir Appetit gemacht hat."

„Sonderbar, daß die gleiche Ursache bei zwei Frauen so verschiedene Wirkungen hervorbringt!"

Eine Viertelstunde vergeht und Bouffi erscheint noch nicht. Der Gärtner kommt wieder und meldet:

„Die Speisen stehen schon lange auf dem heißen Herde, sie werden zu stark ausgekocht."

„Noch fünf Minuten, und wir setzen uns zu Tische."

Man wartet noch zehn Minuten, dann begibt man sich in den Speisesaal, wo der Tisch gedeckt ist. Als man fünf Minuten am Tisch gesessen, erscheint Bouffi.

Sein Erscheinen macht großes Aufsehen. Kaum ist er in die Thür getreten, so stößt er mit dem Ellbogen an einen Haufen Teller und wirft dieselben von dem kleinen Tische. Ganz verblüfft über den Lärm, den die fallenden Teller machen, geht der Banquier mit gezwungen steifer Haltung und so entschlossen auf den Tisch zu, daß er gegen Rosalvinens Stuhl stößt. Die gefühlvolle Blondine ist eben im Begriff, ein auf ihrer Gabel steckendes Stück Rindsbraten zum Munde zu führen, aber der unerwartete Stoß treibt ihr den saftigen Bissen in die Nase.

Rosalvina schreit laut auf, die ganze Gesellschaft sieht den Banquier erstaunt an, denn Niemand weiß sich die Unbeholfenheit des sonst so gewandten Mannes zu erklären.

Bouffi hält sich an der Stuhllehne und antwortet mit erzwungenem, fratzenhaftem Lächeln:

»Ei! Ich glaube, daß ich Teller umgeworfen habe. Ich begreife nicht, wie das gekommen ist ... ich habe sie gar nicht angerührt ...«

Der Banquier hatte einen Rausch; obgleich an hastiges Trinken nicht gewöhnt, hatte er, in der Erwartung, den Besitzer des Nachbarhauses geschmeidiger zu machen, demselben Bescheid gethan. Wir haben gesehen, daß seine Bemühungen erfolglos blieben. Der Landwein des dicken Papa war unverfälscht, aber sehr stark; Bouffi hatte geglaubt, sein Rausch werde verfliegen, aber in der freien Luft war er vollends benebelt geworden. Er fühlte wohl, daß er nicht in ganz normaler Verfassung war, aber er wollte es in der Gesellschaft nicht merken lassen. Um daher recht fest auf den Füßen zu stehen, hält er sich immerfort an der Stuhllehne und fügt mit lallender Zunge hinzu:

»Aha! Hier wird gespeist... Sie haben Recht. Ich will auch speisen ... ich glaube das Bedürfniß zu fühlen, etwas zu mir zu nehmen...«

»Er scheint schon zu viel zu sich genommen zu haben!« sagt Coquelet halb laut.

»Mein Gott! Was ist denn meinem Manne geschehen?« klagt Hortense; »ich habe ihn noch nie so gesehen.«

»Herr Bouffi, ich bitte Sie, lassen Sie doch meinen Stuhl los!« kreischt Rosalvina; »Sie sind schon Ursache, daß ich mir mit der Gabel in die Nase gestochen ... ich habe mir sehr wehe gethan.«

»Wie! Madame, ist es möglich...«

»Ja wohl, Sie gaben meinem Stuhl einen starken Ruck. Setzen Sie sich doch an Ihren Platz...«

»Ich suche ihn... und sehe ihn nicht...«

»Hier, Herr Bouffi, an meiner Seite,« sagt Euphrasia. »Kommen Sie, man wird Ihnen die Suppe bringen.«

»Ach ja, Suppe wird mir wohl thun...«

»Du scheinst sehr... aufgeregt,« sagt Hortense. »Was hast Du denn den ganzen Tag gethan? Ich habe Dich überall gesucht, und Herr Grébois auch.«

»Was ich gethan habe? Ich habe mit dem Nachbar... mit dem Eigenthümer der Klatschrosenwiese unterhandelt...«

»Sie haben wohl Wein von ihm gekauft?« fragt Grébois.

»O nein; aber er hat mir tüchtig zugetrunken. Die Landleute trinken erstaunlich...«

»Und Sie haben ihm Bescheid gethan?«

»O nein, er hätte mir einen Rausch angehängt.«

»Er hat ihm wirklich einen angehängt,« flüstert der Exadvocat der schönen Hortense zu.

»Ich glaube, daß Sie Recht haben. Es ist das erste Mal, daß ich ihn in diesem Zustande sehe. Wenn er nur nicht krank wird!«

»Nein, der Rausch wird diesen Abend verfliegen.«

Bouffi ißt viel Suppe und läßt sich auch die anderen Speisen wohl schmecken; wie die meisten Leute, die sich benebelt fühlen, hofft er, es werde beim Essen vergehen.

»Ich finde das Diner sehr gut,« lallt er; »die Bewirthung ist vortrefflich.«

»O ja,« erwiedert Burgrave, »Herr Duvalloir hat für Alles gesorgt. Ich habe ihm auch alle Blusen an seinem Billard aufgemacht.«

»Wer weiß,« entgegnet Coquelet, »ob es ihn freuen wird; es wäre ihm vielleicht lieber, wenn es geblieben wäre, wie es war.«

»Das ist nicht möglich, es war kein Billard mehr. Wenn Sie wollen, spiele ich mit Ihnen eine Partie.«

»Ich spiele nur Carambolpartie.«

»Nun, so caramboliren Sie; ich bin zu Allem bereit.«

Jacquet erscheint und stellt lange Flaschen auf den Tisch.

»Da ist der Bordeaux,« sagt er.

»Bordeaux! Was, Sie haben hier Bordeaux?« fragt der Banquier erstaunt.

»O ja, und auch Madeira und Chambertin und Champagner. O, der Keller war gut versorgt, als der Herr hier war, und er hat Alles gelassen, wie es war. Ich will Ihnen von Allem bringen, so lautet der Befehl.

»Nein, nicht von Allem!« ruft aber Hortense; »es wäre zu viel.«

»Doch von Allem!« entgegnen die Männer; »wir müssen dem Keller unsers Wirthes die gebührende Ehre erweisen.«

»Den Madeira hätten Sie früher bringen sollen,« sagt Rosalvina; »man trinkt ihn nach der Suppe.«

»Entschuldigen Sie, Madame, das wußte ich nicht. Ich habe einen gelben Wein gesehen, und glaubte, er sei für das Dessert. Ich will ihn holen.«

»Warum läßt sich denn Ihre Frau nicht sehen? Warum hilft sie Ihnen nicht beim Serviren?«

»Meine Frau ist in der Küche und richtet an, und die kleine Guillot hilft ihr noch dabei.«

»Wir lassen sie schönstens grüßen,« sagt Euphrasia, »die Speisen sind vortrefflich. Die Herren bedauern sehr, daß sie es ihr nicht selbst sagen können; denn Ihre Frau ist sehr hübsch.«

Bei diesen letzten Worten wirft die junge Dame einen höhnischen Blick auf ihren Mann, der ihn nicht zu bemerken scheint und eine Flasche Bordeaux ergreift, um sich und dem Banquier einzuschenken.

»Dieser Wein wird Ihnen nicht schaden,« sagt er; »er wird Ihnen gut bekommen.«

»Ich glaube, daß Sie Recht haben. Schenken Sie ein!«

Drittes Capitel.

Eine stürmische Nacht.

»Herr Bouffi,« ruft Madame Burgrave über den Tisch, »Sie wissen nicht, daß ich in einer großen Gefahr geschwebt habe, während Sie abwesend waren. Eine Schlange hat mich verfolgt!«

»Wirklich, Madame . . . eine Schlange?«

»O, Herr Bouffi ahnt nicht, was hier inzwischen vorgegangen ist,« setzt Euphrasia hinzu. »Ich habe wohl nicht eigentlich in Gefahr geschwebt; aber ich habe eine Person gesehen, die von einer großen Gefahr bedroht wurde. Zum Glück konnte sie sich derselben erwehren.«

»Kam die Gefahr auch von einer Schlange?« fragt Rosalvina.

»Ja, sie wurde von einer Schlange angegriffen.«

»Ach, mein Gott! wo denn?«

»In dem Seitengebäude.«

»Dieses Haus ist also voll von Schlangen! Das ist ja entsetzlich . . . Auweh!«

»Was gibt's denn, Rosina?«

»Ich fühlte etwas am Fuße.«

»Entschuldigen Sie, liebe Dame, es ist meine Fußspitze.«

»Ach, ich glaubte, ich würde gebissen!«

Der Gärtner bringt Chambertin und Madeira. Madame Burgrave sagt zu ihm:

»Herr Gärtner, warum dulden Sie denn so viele Schlangen auf dieser Besitzung?«

Jacquet sieht die dicke Dame erstaunt an und antwortet:

»Schlangen! Ich habe noch nie eine hier gesehen; zuweilen wohl eine kleine harmlose Blindschleiche, und das ist auch eine Seltenheit. Aber nie eine Schlange.«

»O ja, es gibt hier Schlangen, wir haben eine gesehen . . . es gibt deren sogar hier im Hause. Fragen Sie nur diese Dame, die in den Nebengebäuden eine gesehen hat.«

Der Gärtner sieht die junge Dame an; diese aber fängt an zu lachen und antwortet:

»Ganz gewiß weiß ich nicht, ob's eine Schlange war; es kann auch ein anderes Thier gewesen sein. — Fragen Sie Herrn Coquelet, er wird's Ihnen sagen.«

Coquelet zuckt die Achseln und schenkt Madeira ein, um einen Toast auszubringen.

»Auf das Wohl Duvalloir's, der uns so fürstlich bewirthet!«

»Ja, ja, Duvalloir soll leben!«

»Ach, mein Gott! mein Mann trinkt auch Madeira!« sagt Hortense zu ihrem Nachbar; »in welchem Zustande wird er die Rückfahrt nach Paris machen!«

»Wer spricht von der Rückfahrt nach Paris?« eifert Coquelet. »Das wäre doch Unsinn! . . . Es ist neun Uhr; wir haben noch das Dessert zu essen und den Champagner zu schlürfen. Und das will ich nicht versäumen, denn er muß gut sein, wie alle Weine unsers Wirthes. Bedenken Sie doch, daß wir zwölf Lieues von Paris sind, und daß der Kutscher die Wege nicht kennt.«

»Und daß er uns umwerfen kann!« fügt Madame Burgrave hinzu. »Ja, Sie haben vollkommen Recht, Herr Coquelet, diesen Abend dürfen wir nicht fahren.«

»Was sagst Du dazu?« fragt Hortense ihren Mann.

Dieser, den die edlen Weine vollends berauscht haben, antwortet lallend:

»Fahren? Wohin denn? . . . Mir ist hier sehr wohl, ich will nicht mehr spazieren fahren . . . ich fühle mich sehr heiter. — Ich hatte Dir etwas zu sagen, aber . . . ich hab's vergessen.«

»Er will bleiben,« sagt Grébois. »Meine Damen, ich halte es auch für das Beste. Aufrichtig gesagt, es wäre sehr unbesonnen, in der Nacht auf unbekannten Wegen eine so lange Fahrt zu machen.«

»Wir bleiben also,« sagt Hortense; »ich füge mich dem Willen der Herren. Und was meinen Sie, Madame Coquelet?«

»Mir ist's ziemlich gleichgiltig, wo ich schlafe,« erwiedert Euphrasia; »wenn ich nur allein schlafe.«

Alle Anwesenden sehen sich an und Madame Bouffi erwiedert:

»Wie! Sie wollen ein Zimmer für sich allein haben?«

»Ja, Madame. Ich habe es mir jetzt vorgenommen und ich bleibe dabei.«

»Bei alten Leuten wie Bouffi und ich ist es begreiflich; aber Neuvermälte! ... Herr Coquelet, billigen Sie den Entschluß Ihrer Frau?«

»Warum nicht? Die Damen haben ja so viele Launen, auf eine mehr oder weniger kommt es nicht an.«

Die junge Frau wirft ihrem Manne einen vernichtenden Blick zu. Rosalvina aber erklärt:

»Ich schlafe nicht allein. In einem Hause, wo Schlangen sind! ... Ernest, Du darfst mich diese Nacht nicht verlassen, Du mußt mich in Schutz nehmen.«

Ernest, der den edlen Weinen stark zugesprochen hat und etwas benebelt ist, denkt nur an das Billard und antwortet lallend:

»Jetzt lasse ich mir's gefallen ... man kann nach Belieben dubliren und caramboliren ...«

»Du willst doch diese Nacht nicht Billard spielen! ... Herr Gärtner, wie viele Betten können Sie uns geben?«

»Vier Schlafzimmer und vier Betten, Madame.«

»Das ist nicht genug,« sagt Euphrasia; »wir brauchen noch ein Bett!«

»Madame, ich will's meiner Frau sagen, es wird sich schon machen lassen. — Da ist der Champagner.«

»Das geht mich an!« sagt Coquelet, eine Flasche

ergreifend; »Sie werden sehen, wie ich den Kork springen lasse. — Meine Damen, Ihre Gläser. Da wir einmal hier bleiben, so sehe ich nicht ein, warum wir uns Zwang anthun sollten!«

»Ja, ja,« lallt Bouffi und reicht sein Glas hin; »der Champagner erfrischt, vertreibt den bösen Dunst, den Nebel. — Ich hatte etwas Interessantes zu sagen...«

»Was denn?«

»Ich wollte... ich weiß nicht mehr... später wird mir's wohl einfallen. — Füllen Sie mein Glas, Coquelet ... und da wir hier bleiben, so will ich den alten Duckmäuser Boudignon morgen Früh sprechen.«

»Nun, was sagen Sie zu dieser Besitzung?« fragt Grébois. »Sie haben freilich nicht Alles gesehen, wie wir, aber es ist wirklich sehr schön. Nicht wahr, meine Damen?«

»Ja... bis auf die Schlangen.«

»Der Garten ist reizend,« sagt Euphrasia, »und die Gärtnerin lieblich wie eine Rose.«

»Ich habe die Lieblichkeit der Gärtnerin nicht bemerkt,« erwiedert Hortense; »aber ich habe den Garten, den Park gesehen. Alles sehr hübsch angelegt. Am besten gefällt mir eine kleine Grotte, von wilden Rosenbüschen umgeben; ein reizender Aufenthalt!«

Dabei wirft sie einen schmachtenden Blick auf Grébois, der ausweichend erwiedert:

»Herr Bouffi hat uns seine Meinung über dieses Haus noch nicht gesagt.«

»Meine Meinung?... ich werde ihn morgen Früh sprechen.«

»Mein Mann ist ganz benebelt,« sagt Hortense bei

Seite; »ich begreife nicht, was ihn bewogen hat, mit einem Ortsbewohner zu zechen. Ich fürchte, daß er eine schlechte Nacht haben wird.«

»O, er wird gewiß gut schlafen.«

»Das wäre ein Glück für mich, denn in Paris haben wir unsere abgesonderten Wohnungen ... und es ist wirklich höchst unangenehm, daß ... ja, es ist auch recht fatal!«

Diese letzten Worte der schönen Hortense entlocken dem Exadvocaten einen tiefen Seufzer. Es wird indeß dem vortrefflichen Champagner tüchtig zugesprochen. Burgrave wird sehr lärmend, Grébois sehr lustig, Coquelet scheint die Wirkungen des Weines gar nicht zu spüren, und Bouffi entschlummert auf seinem Sessel, nachdem ihm sein Glas entfallen ist.

Die Damen verlassen den Tisch.

»Wie wär's, wenn wir das Piano versuchten!« sagt Euphrasia.

»O ja, wir können ein bischen polkiren,« erwiedert Rosalvina in gehobener Stimmung.

»Wir können's immerhin versuchen,« sagt Hortense; »aber ich zweifle, daß das Piano im Stande ist.«

»Spielen wir lieber Billard,« meint Burgrave.

»Nein, meine Herren,« entgegnet Grébois; »es wäre nicht galant, die Damen zu verlassen.«

»Ich bestrebe mich gar nicht, galant zu sein,« fügt Coquelet hinzu und zündet eine Cigarre an; »ich will Billard spielen. Gärtner, zünden Sie die Billardlampen an.«

Der Gärtner kratzt sich am Ohr und antwortet:

»Es ist seit mehr als drei Jahren nicht Abends gespielt worden. Die Lampen sind nicht im Stande, es fehlen die Dochte, und man würde ein paar Stunden zum Reinigen brauchen."

"Das ist fatal! Können Sie denn nicht Leuchter mit Kerzen um das Billard stellen?"

"Ja wohl; aber es sind nur Unschlittkerzen im Hause."

"Vor Allem," sagt Grébois, "muß Herr Bouffi in sein Zimmer und zu Bett gebracht werden."

"Und er muß getragen werden."

"Wir wollen ihn mit seinem Sessel forttragen Greifen Sie zu, meine Herren."

Der kräftige Gärtner faßt eine Seite des Sessels, zwei von den Herren halten die andere. Man trägt den fest schlafenden Banquier in ein Schlafzimmer und legt ihn in vollen Kleidern auf's Bett.

"Wer soll ihn auskleiden?" fragt Grébois.

"Ich nicht."

"Ich auch nicht."

"Er wird sich schon selbst auskleiden, wenn er erwacht. Wir wollen ihn schlafen lassen."

Euphrasia macht einen vergeblichen Versuch, eine Polka auf dem Piano zu spielen; viele Tasten lassen sich nicht niederdrücken oder kommen nicht wieder in die Höhe; das ganze Instrument ist verstimmt. Grébois, der im Vorhause ein Waldhorn gesehen, versucht einen Walzer zu blasen, aber er entlockt dem Horn nur einzelne Mißtöne, die ein allgemeines Hundegeheul im Hause und in der Nachbarschaft zur Folge haben.

Am Billardgeben die Unschlittkerzen ein so unsicheres, zweifelhaftes Licht, daß Burgrave ein Loch in's Tuch stößt.

»Sie haben einen starken Riß gemacht,« sagt Coquelet; »Herr Duvalloir wird sich schönstens bei Ihnen bedanken, wenn er sein Billard sieht.«

»Es ist die Schuld der Kerzen, das Licht flackert ... ich konnte nicht gut sehen.«

»Lieber Herr Burgrave, es dürfte am besten sein, schlafen zu gehen.«

Die Damen, die weder tanzen noch zum Piano singen können, lassen sich ebenfalls in ihre Schlafzimmer führen. Alle Zimmer sind im ersten Stock und von einem einzigen Corridor zugänglich. Die Gärtnerin führt sie. Rosalvina schaut in dem für sie bestimmten Zimmer in alle Winkel und unter das Bett, denn sie fürchtet, es könne irgendwo eine Schlange versteckt sein.

Madame Coquelet macht ein verdrießliches Gesicht, als ihr ein Zimmer mit zwei Betten angewiesen wird.

»So habe ich's nicht gemeint,« sagt sie; »ich wollte ein Zimmer für mich allein haben.«

»In der That,« erwiedert Hortense lachend, »ich begreife Sie nicht. Sie wollen mit Ihrem Gemal nicht einmal in einem Zimmer schlafen! Vor Kurzem koseten Sie noch wie ein Paar Turteltauben. Was ist denn vorgegangen? Behandeln Sie Ihren Gemal so hart, weil er raucht?«

Euphrasia sieht die Gärtnerin an und antwortet, in ihr Zimmer tretend:

»Fragen Sie diese Frau, ob ich nicht Recht habe, Herrn Coquelet so zu behandeln.«

»Sie wissen also, was er ihr gethan hat?« fragt Hortense, die mit Frau Jacquet allein im Corridor geblieben ist. Diese fängt an zu lachen und erwiedert:

»Ja... der Herr ist ein rechter Ausbund... ich habe ihm einen tüchtigen Klatsch gegeben, weil er zudringlich wurde... und trotzdem würde er mich geküßt haben, wenn seine Frau nicht dazugekommen wäre.«

»Was! weiter ist's nichts?—Nun, die Dame ist jung und unerfahren, sonst würde sie wegen einer solchen Kleinigkeit nicht so viel Aufhebens machen. Bouffi mag immerhin alle hübschen Bäuerinnen küssen, ich würde gar nicht böse darüber werden.«

»Nun, dann stecken Sie in einer andern Haut, Madame; ich würde meinem Jacquet die Augen auskratzen, wenn er eine andere küßte! — Hier ist Ihr Schlafzimmer; Ihr Herr ist schon da, man hat ihn auf's Bett gelegt.«

Hortense tritt in das Zimmer und erblickt ihren Mann, der in vollen Kleidern auf dem Bett liegt und schläft.

»Wie! Man hat ihn nicht ausgekleidet! Ich allein kann's nicht. — Frau Gärtnerin, kommen Sie, ich bitte Sie!«

Die Gärtnerin, die sich schon entfernt hat, kommt schnell zurück.

»Was wünschen Sie, Madame?«

»Mein Mann schläft, und ich allein kann ihn nicht auskleiden. Helfen Sie mir.«

»Ich soll einen Mann auskleiden? Das fehlte noch! Was würde Jacquet sagen, wenn ich einen andern auskleidete! Er braucht gar keine Hilfe dabei. — Nein, nein!

wir sind nicht hier im Hause, um unsere Gäste auszukleiden. Der Herr wird schon schlafen."

Frau Jacquet entfernt sich.

"Diese Bäuerinnen sind stockdumm," sagt Hortense zu sich. "Nun, ich will ihm wenigstens die Cravate losmachen, Schuhe und Paletot ausziehen, die übrigen Kleider mag er behalten. Warum hat er sich einen so starken Rausch getrunken! Ein so vornehmer Mann. Pfui, es ist abscheulich. Ich begreife es nicht, er ist doch sonst kein Trinker."

Es ist Mitternacht; alle Gäste schlafen, oder sind wenigstens seit einer Stunde im Bett. Plötzlich wird die tiefe Stille durch ein aus Bouffi's Zimmer kommendes Geschrei unterbrochen. Die schöne Hortense ruft zur Thür hinaus:

"Hilfe!... Ist Niemand da?... Mein Mann ist krank; er hat das Bett beschmutzt... ich kann hier nicht schlafen."

Grébois ist der Erste, der auf den Ruf dieser ihm so theuren Stimme herbeieilt. Er hat in der Eile nur seinen Paletot übergeworfen. Dann kommt Euphrasia im kurzen Röckchen und mit einem um den Hals geknüpften seidenen Tuch. Bald nach ihr erscheint Rosalvina, welche ohne Crinoline nicht mehr zu erkennen ist; sie hat sich nothdürftig in eine Steppdecke gehüllt, ihr Haar ist aufgelöst, sie sieht aus wie eine Wilde.

"Was gibt's? was ist geschehen?" fragt man von allen Seiten, denn die aufgeschreckten Gäste begegnen sich im Corridor.

"Mein Mann ist krank. Das Diner ist ihm schlecht

bekommen ... er hat's nicht bei sich behalten ... Sie verstehen ...«

»Er muß Thee trinken.«

»Ja, ja, es muß Thee gemacht werden.«

»Ich will schnell die Gärtnersleute wecken,« sagt Grébois, »und sie ersuchen schnell Thee zu machen.«

»Soll ich mit Ihnen gehen?« fragt Rosalvina, unter deren Verhüllung bei jeder Bewegung Reize sichtbar werden, welche, seitdem sie aus der Schnürleibhaft erlöst sind, von ihrer Freiheit einen allzu ausgedehnten Gebrauch machen.

Aber Grébois ist davongelaufen, ohne das Anerbieten zu beachten. Die beiden Damen treten nun mit Madame Bouffi ins Zimmer, aber sie kommen sogleich wieder heraus.

»Es ist nicht auszuhalten!«

»Es riecht wie in einer Schenke.«

»Sie verlassen mich, meine Damen?« sagt Hortense.

»Liebe Freundin, bei Ihrem Gemal kann man nicht bleiben.«

»Es würde mir übel werden.«

»Ich begreife nicht, wie Sie es aushalten.«

»Ich gedenke auch nicht hier zu bleiben, ich will die Nacht nicht in dieser Atmosphäre zubringen. — Ah! da kommt Herr Grébois zurück. Nun, wird Thee gemacht?«

»Ich hatte große Mühe die Leute zu wecken, sie haben einen bleiernen Schlaf. Endlich bekam ich eine Antwort. Ich rief ihnen zu: Machen Sie geschwind Thee für Jemand, der krank ist. Der Gärtner antwortete: Sogleich, wir wollen Feuer machen. — Jetzt, meine Damen, gehen Sie wieder zu Bett, ich will Herrn Bouffi schon besorgen.«

»Aber seine Frau kann nicht bei ihm bleiben, es ist im Zimmer nicht auszuhalten.«

»Kommen Sie mit mir,« sagt Euphrasia zu der schönen Hortense; »ich habe ein Bett allein.«

»Aber Ihr Gemal schläft in demselben Zimmer. Nein, das wäre unschicklich.«

»Wenn Madame mein Zimmer annehmen wollte?« sagt Grébois; »ich habe noch nicht geschlafen; ich fand ein interessantes Buch und habe gelesen.«

»Ja, das ist mir lieber; aber Sie bringen mir ein Opfer, Herr Grébois.«

»Durchaus nicht, Madame, ich werde bei Herrn Bouffi bleiben und ihm Thee reichen.«

Die Damen, welche nun nichts mehr draußen zu thun haben, ziehen sich in ihre Zimmer zurück; aber Madame Coquelet findet es sonderbar, daß Grébois noch nicht schlafen gegangen, da er nur mit Hemd und Paletot bekleidet ist.

Der Exadvocat begibt sich mit großer Selbstverläugnung zu dem Kranken, den er mit einiger Mühe vollends entkleidet. Dann kommt der Gärtner mit einem riesigen Theetopf. Er schenkt eine Tasse voll und gibt dem Banquier davon zu trinken.

»Haben Sie schon Zucker hineingethan?« fragt Grébois.

»Zucker! Ich thue nie Zucker hinein. Es wird ohne Zucker getrunken.«

»Nein, Thee wird nicht ohne Zucker getrunken.«

*

»Sie werden entschuldigen, lieber Herr, wir haben keinen Thee im Hause; und ich glaube, wir würden im Dorfe wohl keinen gefunden haben.«

»Was haben Sie denn gebracht?«

»Leinsamen, zu dienen.«

»Leinsamen! was fällt Ihnen ein? Sie werden seinen Zustand verschlimmern; denn Leimsamen ist der Verdauung gewiß nicht förderlich.«

»Lieber Herr, wir nehmen nie etwas Anderes, wenn wir krank sind. Sie werden sehen, daß er bald Erleichterung fühlen wird.«

Der Leinsamenaufguß fängt in der That sehr bald an zu wirken, und Bouffi gibt Alles von sich, was er noch im Magen hatte. Er befindet sich viel besser, dankt Grébois und schläft wieder ein, ohne sich nach seiner Frau erkundigt zu haben.

»Nun, was habe ich gesagt!« frohlockt Jacquet; »der Leinsamen hat ihn curirt.«

»Es ist wahr, aber ich gestehe, daß ich dieses Mittel nicht anwenden möchte.«

»Jetzt kann ich wieder zu Bette gehen, nicht wahr?«

»Gehen Sie, lieber Freund.«

Der Gärtner entfernt sich. Ob aber Grébois die ganze Nacht bei dem schlafenden Banquier zugebracht hat, ist nicht bekannt geworden.

Viertes Capitel.

Horace im Zorn.

Als Bouffi am andern Morgen erwacht, sieht er Grébois, der in vollen Kleidern in einem Lehnstuhl am Kamin sitzt und zu schlafen scheint.

»Wie! lieber Freund, Sie haben die Nacht bei mir zugebracht?« sagt der Banquier.

»Allerdings, Sie waren ja krank, und es mußte doch Jemand bei Ihnen bleiben.«

»Und meine Frau?«

»Ihre Frau Gemalin war so gütig, das für mich bestimmte Zimmer anzunehmen. Aufrichtig gesagt, Sie waren in einem so . . . unangenehmen Zustande, daß eine Dame nicht bei Ihnen bleiben konnte.«

»Es ist wahr . . . jetzt erinnere ich mich. Der dicke Holzhändler trank mir immer zu und versicherte, es werde mir nicht schaden. Und da ich kein Trinker bin, so wurde ich ganz berauscht. Dazu kam das Diner. Wenn ich nicht irre, hat man auch verschiedene Weine getrunken.«

»Ja, und sehr gute. Herr Duvalloir scheint hier einen sehr gut bestellten Keller zurückgelassen zu haben.«

»Apropos, habe ich Ihnen schon gesagt, daß er verheiratet ist?«

»Nein; aber vermuthlich wollten Sie uns diese Neuig=

keit mittheilen, aber Ihr Gedächtniß verließ Sie. So! er ist verheiratet?«

»Ja, ich habe es im Dorfe erfahren; seine Frau soll jung und hübsch sein, sie hat mit ihm in diesem Landhause gewohnt.«

»Und wo ist sie jetzt? Ist sie von ihm geschieden?«

»Man wußte mir nicht mehr zu sagen. Beide haben dieses Haus plötzlich verlassen, mehr konnte ich nicht erfahren.«

»Das ist sonderbar. Die ganzen Verhältnisse Duvalloir's haben etwas Räthselhaftes.«

»Jetzt muß ich mich schnell ankleiden, um noch vor dem Frühstück zu dem Nachbar zu gehen.«

»Sie werden sich doch nicht wieder verleiten lassen, Wein zu kosten?«

»O, ich werde mich wohl hüten. Lieber Grébois, ich bin Ihnen sehr dankbar für Alles, was Sie diese Nacht für mich gethan haben.«

»Sie scherzen, ich stehe immer zu Diensten, wenn sich die Gelegenheit darbietet...«

»O, sie wird sich nie wieder darbieten. Ich schäme mich des gestrigen Vorfalls. Man hat gewiß über mich gelacht?«

»O nein; Sie waren ja bei Tisch noch recht anständig.«

»Sie wollen mich entschuldigen, aber ich entschuldige mich nicht. — O, die Landleute sind schlaue Füchse!«

Der Banquier hat sich schnell angekleidet und zu dem Besitzer der Klatschrosenwiese begeben. Bald ist die ganze Gesellschaft auf den Füßen und versammelt sich im Salon. Die schöne Hortense ist blaß und hat trübe Augen, was sie der Unruhe über die Unpäßlichkeit Bouffi's zuschreibt. Die junge Madame Coquelet behandelt ihren Gemal immer noch mit schnödem Hohne, es hat also noch keine Aussöhnung stattgefunden. Rosalvina endlich, die einen Theil von dem Blumenschmuck ihres Hutes verloren hat, wirft ihrem Eheherrn von Zeit zu Zeit einen zornigen Blick zu und sagt:

»Ernest, Du bist ein langweiliger Schläfer! Und dein Schnarchen ist unausstehlich. — Du hast Dich sehr geändert; vormals hast Du an meiner Seite nicht geschnarcht.«

»Liebes Kind, das macht die Landluft.«

»Sie ist Dir nicht zuträglich.«

»Haben Sie keine Schlange in dieser Nacht gesehen?« fragt Coquelet, pfiffig lächelnd.

»Nein, ich habe keine gesehen.«

Der Exadvocat beeilt sich, der Gesellschaft die große Neuigkeit mitzutheilen:

»Herr Duvalloir ist verheiratet; seine Frau ist jung und hübsch.«

Sofort tauchen die Vermuthungen auf:

»Warum lebt er nicht mehr mit seiner Frau?«

»Warum sagt er nicht, daß er verheiratet ist?«

»Was mag er mit seiner Frau gemacht haben?«

»Oder vielmehr, was mag ihm seine Frau gethan haben?«

»Hat er sie mit auf Reisen genommen?«

»Ich glaube,« sagt Rosalvina, »daß dieser Mann der größten Unthaten fähig ist. Er spricht gar nicht von seiner Frau, er sagt nicht einmal, daß er verheiratet gewe=

sen, weil er die Unglückliche wahrscheinlich auf einer wüsten Insel ausgesetzt hat.«

»Um einen weiblichen Robinson aus ihr zu machen!« fügt Coquelet lachend hinzu; »ein recht glücklicher Gedanke.«

»Sie lachen, Herr Coquelet, aber mir scheint es sehr möglich. Er liebte seine Frau nicht mehr und wollte sich ihrer entledigen; er wird gedacht haben: Wenn ich sie jenseits des Weltmeeres, auf einer wüsten Insel zurücklasse, so habe ich nicht zu fürchten, daß sie jemals wieder erscheine.«

»Madame, Sie zürnen dem armen Duvalloir und möchten gern einen Verräther, wie man deren in Melodramen sieht, aus ihm machen. Ich theile Ihre Meinung nicht, ich fühle mich vielmehr zu Dank verpflichtet für seine Gastfreundschaft. Und warum soll denn der Mann immer Unrecht haben? Sind denn die Frauen nie im Unrecht! Wer sagt Ihnen, daß die Dame nicht die Ursache der Trennung sei?«

Die Damen beantworten diese Fragen mit einem lauten Ausbruch der Entrüstung, und Euphrasia fügt, ihren Mann ansehend, hinzu:

»Dir steht es wahrlich gut an, die Vertheidigung der Männer zu führen!«

Coquelet kehrt seiner Frau den Rücken und entfernt sich, um eine Cigarre zu rauchen.

Boussi kommt zurück und reibt sich sehr vergnügt die Hände. Man frühstückt in aller Eile, denn Jedermann hat in Paris Geschäfte. Als die Gesellschaft in den Wagen steigt, fragt Jacquet, der mit seiner Frau an der Thür steht:

»Herr Bouffi, sind Sie mit dem Hause zufrieden? Werden Sie jetzt unser neuer Herr?«

»Die Besitzung ist sehr schön,« antwortet der Banquier, »und wir sind mit der Bewirthung ungemein zufrieden. Ich werde es bei Herrn Duvalloir zu rühmen wissen. Uebrigens kann ich Ihnen noch nichts Bestimmtes sagen; Sie können das Haus auch Anderen zeigen.«

Die Calesche fährt ab. Der Banquier wirft im Vorbeifahren einen zärtlichen Blick auf die Klatschrosenwiese, wie ein junger Mann eine neue Geliebte betrachtet; und als die Damen sagen: »Es ist wirklich angenehm, sich hier zu ergehen und auszuruhen,« — reibt er sich wieder schmunzelnd die Hände und fügt hinzu: »Für mich ist diese Wiese allein so viel werth wie das Sykomorenhaus mit Garten und Park.«

Während der Abwesenheit des Banquiers hatten Horace und Oswald nach Herzenslust geplaudert, ohne auf das Mißfallen Tirebourg's Rücksicht zu nehmen.

»Die Gesellschaft besucht die Besitzung des Herrn Duvalloir,« hatte der Neffe zu seinem Freunde gesagt, »und wahrscheinlich wird mein Oheim sie kaufen.«

»Ach, wie glücklich sind sie!« seufzt Horace; »sie gehen nach Montagny und werden meine schöne Wiese sehen! Dein Oheim hat vollkommen Recht, das Sykomorenhaus zu kaufen; er wird Dich wohl zuweilen mitnehmen. Du wirst dann mein schönes Heimatland sehen, wo ich geboren bin und mit meiner Schwester die früheste Jugend verlebt habe. Wenn ich länger als ein Jahr nicht dort gewesen bin, bekomme ich Heimweh. Zum Glück habe ich ein heiteres Gemüth und diese Anwandlungen dauern nicht lange; aber sie kehren oft wieder, wenn ich auch nichts sage."

Im Laufe des Tages kommt Duvalloir in das Bureau; um sich zu erkundigen, ob der Banquier nach Montagny gefahren sei.

"Wie! "Sie sind nicht mitgereist?" sagt Horace erstaunt; "Sie hätten der Gesellschaft Ihre Besitzung zeigen sollen."

"Man wird sie eben so gut sehen, ohne daß ich dort bin," antwortet Duvalloir, leise seufzend. "Ich habe dem Gärtner befohlen, Herrn Bouffi und dessen Gesellschaft gut zu bewirthen, und es an nichts fehlen zu lassen."

"Das bezweifle ich nicht, Herr Duvalloir; aber man kann die Einrichtung des Hauses, die Schönheiten des Gartens doch selbst am besten zeigen; man weiß, wo die hübschesten Aussichtspunkte sind."

"Ich habe vergessen, was die Besitzung Angenehmes bieten mag; für mich hat sie keinen Reiz mehr ... im Gegentheil!"

Duvalloir sagt diese letzten Worte mit so wehmüthigem Ausdruck und aus seinen gesenkten Blicken spricht so tiefer Schmerz, daß Horace ganz gerührt wird; ohne die Ursache zu ahnen, fühlt er sich tief bewegt und voll Theilnahme. Duvalloir sprach seinerseits lieber mit Horace als mit jedem Andern; eine geheime Sympathie schien ihn zu dem jungen Manne hinzuziehen und seinen Schmerz einigermaßen zu stillen.

"Ach, wie glücklich sind sie!" sagt Horace nach einer kurzen Pause; "sie können sich auf meiner Wiese ergehen! ... Ich sage immer: meine Wiese, als ob sie noch uns gehörte. Aber sie werden nicht mit meinen Augen sehen. Es gibt Leute, die sich auf dem Lande langweilen. Herr Bouffi scheint auch kein Freund des Landlebens zu sein und es wundert mich, daß er gesonnen ist, eine so weit von Paris entfernte Besitzung zu kaufen.«

Duvalloir antwortete nicht, er schien in Gedanken vertieft. Horace fügt hinzu:

»Nun, ich weiß wohl, daß reiche Leute immer ein Landhaus haben müssen, wenn sie sich auch langweilen. Aber Sie, Herr Duvalloir, scheinen mehr als Ueberdruß zu fühlen, Sie scheinen gegen die dortige Gegend eine entschiedene Abneigung zu haben.«

»O ja, ich habe eine große Abneigung gegen den Ort. Und doch gab es eine Zeit, wo ich sehr gern dort war; wo ich mich so glücklich fühlte! Aber jene Zeit war von kurzer Dauer.«

»Der Ort kann dies nicht verschuldet haben, wenn Sie dort Kummer gehabt haben . . .«

»Sie haben Recht; aber es ist nicht minder wahr, daß der Anblick des Ortes, wo wir in unseren theuersten Gefühlen verletzt wurden, diese Erinnerung wieder auffrischt und unsern Schmerz erneuert. Und wenn noch ein anderes Gefühl dazukommt . . .«

Duvalloir bricht plötzlich ab, als ob er zu viel zu sagen fürchtete; dann setzt er etwas heiterer hinzu:

»Es ist sonderbar, wir Beide haben ganz entgegengesetzte Stimmungen: ich wünsche Montagny nie wiederzusehen, Sie hingegen würden sich glücklich schätzen, wenn Sie dort sein könnten; mich drückt, verstimmt die Erinnerung an meine Besitzung; Ihnen ist die Erinnerung an

Ihre Heimat sehr theuer und ruft nur heitere Bilder vor Ihre Seele. Und trotzdem macht es mir Freude, mich mit Ihnen zu unterhalten, und unser Gespräch dreht sich fast immer um diesen Gegenstand, den ich aus meinen Gedanken zu verbannen suche. Finden Sie darin nicht auch etwas Seltsames, schwer zu Erklärendes?«

»Ich gestehe,« erwiedert Horace, »daß ich mir nie Mühe gegeben, meine Gefühle einer genauen Prüfung zu unterwerfen. Wenn ich mich zu Jemand hingezogen fühle, so überlasse ich mich diesem Gefühl, ohne nach der Ursache desselben zu forschen. Ich glaube, daß wir unsere Sympathien so wenig wie unsere Abneigungen in unserer Gewalt haben, sie kommen von selbst, es ist gleichsam eine innere Stimme, die unserm Herzen sagt, wen wir lieben und wen wir hassen sollen. Ich schätze mich glücklich, Herr Duvalloir, daß ich Ihnen einige Zuneigung eingeflößt habe, und ich kann versichern, daß ich dieselbe theile.«

Duvalloir spricht noch eine Weile mit Horace; dann entfernt er sich mit dem Versprechen, bald wieder zu kommen, um zu erfahren, ob der Banquier sein Haus zu kaufen wünscht.

»Ich kenne diesen Herrn sehr wenig,« sagt Horace; »ich weiß nicht, was ihn so mürrisch macht und warum er jetzt seine Besitzung nicht mehr leiden mag; aber er weckt meine Theilnahme, ich fühle mich zu ihm hingezogen und ich möchte ihn trösten, seinen Gram mildern. Es ist sonderbar, nicht wahr, Oswald?«

»Und noch sonderbarer,« antwortet der Neffe des Banquiers, »noch sonderbarer ist es, daß Herr Duvalloir mit Dir in einer Viertelstunde mehr spricht, als einen ganzen Abend bei meinem Oheim.«

»Er findet im Salon wahrscheinlich Niemand, zu dem er sich hingezogen fühlt.«

»Und zu Dir fühlt er sich hingezogen?«

»Wahrscheinlich. — Höre, Oswald, es hat ein neuer Monat angefangen, und dein Onkel hat von einer Erhöhung meiner Besoldung noch nichts merken lassen.«

»Glaubst Du denn, er werde Dir so schnell eine Zulage geben?«

»Glaubt er etwa, ich würde sein Buchhalter für zwölfhundert Francs bleiben?«

»Nur Geduld, lieber Horace, es würde deiner Tante sehr unangenehm sein, wenn Du deinen Platz verließest!«

»Mir würde es noch viel unangenehmer sein, wenn ich mein ganzes Leben für zwölfhundert Francs jährlich arbeiten müßte.«

»Horace, Du hast mich mit deiner Schwester verlobt; nicht wahr, sie wird meine Frau?«

»Ich habe es Euch ja versprochen. Aber um es dahin zu bringen, muß ich mehr als zwölfhundert Francs verdienen.«

Die Gesellschaft ist glücklich wieder in Paris eingetroffen. Alle haben sich nach Hause begeben, aber Bouffi erklärt nicht, daß er gesonnen sei, das Sykomorenhaus zu kaufen.

Erst acht Tage später erzählt der Banquier seiner Frau, daß er die Klatschrosenwiese und das dazugehörende Haus gekauft habe.

Die schöne Hortense scheint etwas erstaunt.

»Was!« erwiedert sie, »Du hast das Landhaus Duvalloir's nicht gekauft?«

»Nein, und zwar aus mehreren Gründen: die Besitzung ist zu theuer und trägt nichts ein. Das andere Haus ist ebenfalls sehr hübsch und schön möblirt, es wird Dir gewiß gefallen. Der Garten ist wohl nicht so groß; aber wozu weitläufige Gärten, man geht ja nicht überall spazieren. Und die reizende Wiese ist mir eben so lieb wie Duvalloir's Park. Kurz, der Kauf ist abgeschlossen.«

»Nun, da ist nichts mehr zu sagen. Die Besitzung war also auch zu verkaufen?«

»Ich habe erfahren, daß der Eigenthümer nicht abgeneigt sei, sie zu veräußern, und ich habe die Gelegenheit benutzt. Es ist ein gutes Geschäft.«

»Und wann kann ich die Villa beziehen?«

»Ich lasse einige Verbesserungen im Hause vornehmen; aber es ist eine Kleinigkeit, in etwa zehn Tagen kannst Du von unserm Landhause Besitz nehmen.«

Bei Tische erfährt Oswald den Kauf von seinem Oheim und Abends als Horace ins Bureau kommt, sagt er zu diesem:

»Ich kann Dir eine Neuigkeit mittheilen! Mein Onkel hat ein Landhaus gekauft...«

»Die Villa Duvalloir's. Es freut mich um dieses Herrn willen, weil er sie so gern verkaufen wollte.«

»Nein, dieses Landhaus hat mein Onkel nicht gekauft, sondern... Du wirst Dich sehr wundern — das deinige, oder vielmehr deines Vaters einstiges Besitzthum, die Klatschrosenwiese.«

Horace wechselt die Farbe und erwiedert mit beweg=
ter Stimme:

»Dein Onkel hat die Klatschrosenwiese gekauft! Das
ist nicht möglich, sie war ja nicht zu verkaufen.«

»Ich weiß nicht, wie es zugeht, aber ich kann ver=
sichern, daß ich mich nicht irre; ich habe ihn recht gut ver=
standen: er beschrieb das ganze Grundstück und nannte
auch den Namen des bisherigen Eigenthümers . . . warte,
der Name wird mir schon beifallen . . . Boudignon
heißt er.«

»Boudignon . . . ganz recht, so heißt der letzte
Eigenthümer. Und er ist zu diesem Manne gegangen, um
ihm einen Kaufantrag zu machen?«

»Wahrscheinlich.«

»Oswald, dein Onkel ist ein . . . ich will das Wort
aus Rücksicht gegen Dich nicht aussprechen; aber es ist ein
schlechter Streich von ihm.«

»Wie so? daß er das Landhaus gekauft hat?«

»Ja . . . daß er etwas gekauft hat, was nicht zu ver=
kaufen war; daß er unter der Hand, heimtückisch gehan=
delt hat; daß er Absichten hat, die ich errathe. O, ich
wünschte, daß er keinen Schritt dort thun könnte, ohne sich
die Nase zu zerschlagen!«

»Dein Zorn ist mir unbegreiflich. Was kann denn
Dir daran liegen, ob mein Oheim oder ein Anderer dieses
Grundstück besitzt? Du kannst es ja nicht kaufen . . .«

»Leider kann ich nicht kaufen. Aber Du kleiner Gim=
pel siehst nicht, daß dein Oheim durch dein und meiner
Tante Geschwätz erfahren hat, was Andere nicht wissen;
daß in der Klatschrosenwiese ein Schatz verborgen ist!«

»Wie! Du bildeſt Dir ein, daß mein Oheim das Grundſtück deshalb gekauft habe?«

»Ich bilde mir's nicht ein, ich weiß es gewiß, ich bin feſt davon überzeugt. Ich kenne deinen Oheim und auch deine Tante bereits beſſer als Du. Warum ſollte er den Beſitzer eines nicht feilgebotenen Hauſes aufgeſucht haben, wenn er nicht eine geheime Abſicht gehabt hätte? Er kannte weder die Gegend noch Herrn Boudignon. Aber man hat ihm von einem verborgenen Schatz erzählt, und er iſt ſehr geldgierig; er wird in der Wahl der Mittel, ſich Geld zu verſchaffen, nicht allzu gewiſſenhaft ſein. Ich ſehe es überdies an der Führung gewiſſer Rechnungen, unter andern an der Rechnung Duvalloir's, weil man ſogleich geſehen hat, daß er Vertrauen hat und nicht geſchäftskundig iſt. — Herr Bouffi will meinen Schatz heben; aber ich gebe es nicht zu, er gehört mir, er ſoll ihn nicht finden. Wenn dein Onkel hier wäre, ich glaube, daß ich ihm dieſes Tintenfaß an den Kopf werfen würde.«

»Wenn Du dadurch eine Zulage erwirken willſt, ſo greifſt Du zu einem unrechten Mittel.«

»Meine ſchöne Beſitzung, meine ganze Hoffnung in ſeinen Händen! Es iſt zum Raſendwerden!«

In dieſem Augenblicke kommt der Banquier in ſein Bureau und tritt, um eine Rechnung zu unterſuchen, an den Schreibtiſch, an welchem Horace arbeitet. Oswald iſt ſehr beſtürzt und wirft einen bittenden Blick auf ſeinen Freund; aber dieſer ſagt höhniſch zu ſeinem Principal:

»Ich wünſche Ihnen Glück, Herr Bouffi, Sie haben ein gutes Geſchäft gemacht; der Preis iſt vielleicht etwas zu hoch, aber es gibt Grundstücke, für deren Besitz man wohl ein Opfer bringen kann.«

»Was gibt's? was meinen Sie, Herr Vermont?« erwiedert der Banquier, im Hauptbuche blätternd.

»Ich meine ... die Besitzung meines Vaters, die Klatschrosenwiese, welche Sie gekauft haben, obgleich sie nicht zu verkaufen war.«

»Nun, was kann Ihnen daran liegen? Die Besitzung ist ja schon lange nicht mehr Ihr Eigenthum gewesen, es kann Ihnen gleichgiltig sein, ob sie mir oder einem Andern gehört.«

»Aber Ihnen lag sehr viel an dem Ankauf, Herr Bouffi.«

Der Banquier richtet sich auf, sieht seinen Buchhalter an und antwortet in streng verweisendem Tone:

»Das ist möglich; aber Sie haben gar nichts dareinzureden. Machen Sie Ihre Arbeit, und kümmern Sie sich nicht um das Landhaus.«

»Ich habe nichts dareinzureden!« sagt Horace zähneknirschend.

Oswald war inzwischen unbemerkt an den Schreibtisch getreten und hatte das Tintenfaß weggenommen; aber diese Vorsichtsmaßregel war überflüssig, der Banquier war schon wieder in seinem Cabinet.

Fünftes Capitel.

Ein Sonntag im Bureau.

Einige Tage vergehen, ohne daß Horace Gelegenheit hat, mit dem Banquier allein zu sein; aber jeden Morgen, wenn er in's Bureau kommt, erkundigt er sich bei Oswald, ob sein Oheim sich nach Montagny begeben habe, und er ist erst befriedigt, wenn er erfährt, daß Bouffi Paris nicht verlassen.

Seitdem er indeß von dem Ankaufe des Landhauses Kenntniß erhalten, ist er nicht mehr so lustig wie früher, nicht mehr so zum Scherzen aufgelegt; seine veränderte Stimmung entgeht der Schwester und der Tante nicht, und Beide fragen ihn besorgt um die Ursache.

»Die Ursache,« erwiedert Horace und reicht der Madame Rennecart den Hörtrichter, »die Ursache bist Du, Tante!«

»Wie, ich soll die Ursache deiner Verstimmung sein?«

»Allerdings ohne es zu wollen; aber wenn Du nicht geplaudert hättest, so wäre alles dieses nicht geschehen.«

»Was ist denn geschehen?«

»Herr Bouffi, dein Hausherr und mein Banquier, hat die Klatschrosenwiese gekauft.«

»Ist es möglich! sie war also zu verkaufen?«

»Nein, sie war nicht zu verkaufen; aber wenn man eine Sache haben will und Geld hat, so kann man mit eini=

gen Opfern den gewünschten Zweck immer erreichen. Und warum wollte Herr Bouffi die Besitzung durchaus kaufen? Weil sein Neffe ihm erzählt hat, es sei in der Wiese ein Schatz vergraben. Und von wem hatte es Oswald erfahren? Von Dir. So greift Alles in einander, und so ernste Folgen kann ein unbesonnenes Wort haben!«

»Oswald hat's gewiß nicht absichtlich gethan,« sagt Virginie; »er wird es gesagt haben, ohne einen Werth darauf zu legen.«

»Sei nur ruhig, ich zürne ihm ja nicht; ja nicht einmal der Tante; nur Bouffi ist Gegenstand meines Zornes. Aber ich werde ein wachsames Auge auf ihn haben. Er ist überhaupt unredlich ... er hat eine sonderbare Methode, Rechnungen aufzustellen ...«

»Ach Gott, Du wirst deinen Platz schon wieder verscherzen!«

»Verscherzen! O nein, Tante, ich werde von selbst schon gehen. Du siehst ja, daß der Herr Banquier meine Besoldung nicht erhöht.«

»Aber Du bist noch nicht zwei Monate bei ihm.«

»Das ist länger als nöthig, um ihn zu überzeugen, daß meine Leistungen mehr als zwölfhundert Francs werth sind.«

»Lieber Horace, bedenke doch, daß die Plätze so selten sind!«

»Die schlechten nicht.«

»Bruder, wenn Du Dich mit Herrn Bouffi überwirfst, so wird er nie zugeben, daß sein Neffe mich heirathet.«

»O, er wird seine Zustimmung anfangs verweigern,

wenn wir auch sonst gute Freunde bleiben. Aber sei nur unbesorgt, Oswald wird Dich heiraten, denn ich werde ihm vorschreiben, was er zu thun hat. Und im Grunde hat ja ein Oheim keine väterliche Gewalt. — Doch wir haben lange genug über den habgierigen Menschen gesprochen, wir wollen zu angenehmeren Dingen übergehen. Tante, ist Madame Huberty, die hübsche Dame im vierten Stocke, bei Dir gewesen?«

»Sie kommt nie anders, als an den Zinstagen.«

»Und Du gehst nicht zu ihr?«

»Warum sollte ich zu ihr gehen? Sie hat mich ja nicht eingeladen.«

»Schade! Du hättest ihre Bekanntschaft suchen sollen ... es wäre eine angenehme Gesellschaft für Dich gewesen.«

»Ich merke wohl, Du möchtest die Dame hier antreffen, um ihr den Hof zu machen, nicht wahr, Du Schelm?«

»Tante, man ist kein Schelm, weil man eine hübsche, anständige Dame liebt, die sehr eingezogen lebt, keine Besuche empfängt und folglich ebenfalls frei ist.«

»Was! Du liebst sie, Bruder?«

»Schwesterchen, mache nur deine Häubchen, denke an deine Herzensangelegenheiten und kümmere Dich nicht um die deines Bruders ... es würde Dich zu weit führen.«

»Siehst Du, Virginie, Horace ärgert sich, weil er versucht hat, Zutritt bei der jungen Dame zu bekommen, und sie seine Besuche abgelehnt hat.«

»Wer hat Dir das gesagt, Tante?«

»Der Clarinettenspieler, ihr Nachbar, der dein Gespräch mit ihr auf dem Vorplatze gehört hat.«

»Tante, es gibt wirklich garstige Leute in deinem Hause. O, Clarinettenspieler, Du belauschest die Leute auf den Hausgängen! Ich werde Sorge tragen, daß Du wieder Würste unter die Füße bekommst. — Nun ja, ich war zu Madame Huberty hinaufgegangen, um sie zu fragen, ob sie keine Reparaturen in ihrer Wohnung zu machen habe.«

»Was fällt Dir ein! Wenn die Dame ja gesagt hätte, so würden ihr die Kosten zur Last gefallen sein, denn Herr Bouffi läßt nichts machen.«

»Dein Hausherr ist ja ein wahrer Geier!«

»O, freundlich ist er keineswegs mit seinen Wohnparteien. — Und die Dame hat Dir die Thür gewiesen?«

»Die Thür gewiesen! Was denkst Du denn? Nein, sie hat mich sehr höflich auf den Vorplatz begleitet und mir dabei in den artigsten Ausdrücken erklärt, daß sie gar keine Besuche empfange. Aber in ihrem Alter immer allein sein, heißt denn das leben? Virginie, könntest Du so leben?«

»O nein, ich würde mich schrecklich langweilen und krank werden.«

»Hörst Du wohl, Tante? Meine Schwester würde krank werden. Dies wird auch bei der jungen Dame unausbleiblich der Fall sein, wenn Du sie nicht besuchst.«

»Ich mag mich bei den Leuten nicht aufdrängen,« antwortet Madame Rennecart und legt ihren Hörtrichter auf den Tisch.

»Wer harthörig ist, wird auch hartherzig!« sagt Horace.

Duvalloir kommt bald wieder zu dem Banquier, aber

dieser ist nicht in seinem Cabinet. Der Fremde wendet sich daher an Oswald:

»Ich habe von Ihrem Herrn Oheim keine Antwort erhalten. Kauft er mein Landhaus?«

»Nein, Herr Duvalloir; er findet es sehr schön, und es hat allen Personen, die bei ihm waren, sehr gefallen, aber . . .«

»Aber er hat ein anderes gekauft,« fällt Horace ein, »und Sie würden nie errathen, welches.«

»Wahrscheinlich kenne ich es nicht.«

»Entschuldigen Sie, es ist die an die Ihrige grenzende Besitzung, es ist mein Vaterhaus . . . kurz, es ist die Klatschrosenwiese.«

Duvalloir schlägt die Augen nieder und erwiedert verlegen:

»So! Ich wußte nicht, daß diese Besitzung zu verkaufen war.«

»Das haben alle Leute gesagt. Nein, die Wiese war nicht zu verkaufen, aber Herr Bouffi wollte durchaus der Eigenthümer werden; er hatte seine geheimen Gründe.«

»Geheime Gründe?« wiederholt Duvalloir mit unsicherer Stimme. »Sind Ihnen diese Gründe bekannt?«

»Ja wohl, aber ich kann sie Ihnen nicht sagen, die Sache geht auch nur mich an.«

Diese letzten Worte scheinen die Unruhe Duvalloir's zu beschwichtigen; er erwiedert nach einer kurzen Pause:

»Nun, wenn mein Haus Herrn Bouffi nicht gefällt, so hat er wohlgethan es nicht zu kaufen; es wird sich ein anderer Käufer finden. Die Sache hat auch keine Eile, ich kann warten.«

»Ja, Herr Duvalloir, Ihnen macht es nur geringen Verdruß; aber für mich ist es ein großes Unglück, daß Herr Bouffi der Eigenthümer unsers schönen Gutes geworden ist.«

»Warum denn? Sie sind ja hier angestellt und wenn Herr Bouffi weiß, daß Ihnen jenes Landgut so werth ist, wird er Sie wohl zuweilen mitnehmen.«

»O nein, er wird mich nicht mitnehmen. Aber ich werde meine Heimat ohne ihn besuchen und ihn nicht erst um Erlaubniß bitten. Er wird mich dort finden!«

Duvalloir sieht Horace, aus dessen Worten ein fester Entschluß spricht, einige Augenblicke erstaunt an; dann verabschiedet er sich mit den Worten:

»Es ist jetzt nicht mehr nothwendig, daß ich Herrn Bouffi erwarte; ich habe Alles erfahren, was ich wissen wollte.«

»Man sieht wohl, daß er reich ist,« sagt Oswald, als Duvalloir fort ist. »Es liegt ihm wenig daran, ob sein Landgut verkauft wird oder nicht. Schade, daß er nicht mein Oheim ist!«

»Ja, ich glaube, daß Du bei dem Tausch nur gewinnen könntest. Wo ist dein Oheim? Er ist doch nicht in Montagny?«

»Nein, er ist bei einem Collegen und wird um vier Uhr hier sein. Gestern bei Tisch sagte er indeß zu meiner Tante, daß er seine neue Besitzung bald besuchen werde, um zu sehen, ob die angeordneten Arbeiten gefördert werden.«

»So! Er hat Arbeiten angeordnet? Auf der Wiese?«

»Nein, im Hause; meine Tante wird dort wohnen.«

Horace antwortet nichts, aber er zerbricht zornig seine Feder auf dem Schreibtische.

»Es ist gut,« denkt Oswald, »daß mein Onkel nicht da ist.«

Horace, der Sonntags nie ins Bureau geht, bemerkt am folgenden Sonntage, daß er Abends zuvor seine Geldtasche in dem Schreibtische gelassen haben muß, wenn er sie nicht etwa unterwegs verloren. Um Gewißheit zu bekommen, entschließt er sich, ins Bureau zu gehen.

Es ist ein Uhr Nachmittags, kein Commis ist im Bureau; selbst der alte Tirebourg ist nicht gekommen. Horace begibt sich sofort an seinen Platz, öffnet sein Pult und findet darin seine Geldtasche. Erfreut über den fast aufgegebenen Fund, steckt er ihn in die Tasche und will fortgehen, als er im Cabinet des Banquiers einen lauten Wortwechsel hört. Horace erkennt sogleich die Stimme Bouffi's und Floquart's. Die Sprechenden kommen näher, verlassen das Cabinet und treten in das Bureau. Horace, der sich hinter dem hohen Pult am andern Ende des Zimmers befindet, kann Alles hören, was gesprochen wird, ohne gesehen zu werden, man müßte denn ebenfalls hinter seinen Schreibtisch treten. Dies geschieht aber nicht, die beiden Herren bleiben stehen und fahren in ihrem Gespräch fort. Der junge Buchhalter bleibt an seinem Platz und macht kein Geräusch, um seine Anwesenheit nicht merken zu lassen.

»Wahrhaftig, Theuerster, Sie werden sehr langweilig,« sagt Floquart; »wenn man Geld von Ihnen haben will, so scheint's Ihnen das Herz zu zerreißen.«

»Geld! Geld! man hat nicht immer Geld verfügbar.«

»Sie scherzen! Sie sind immer flott … und wegen der Kleinigkeit von fünfzehnhundert Francs …«

»Kleinigkeit! fünfzehnhundert Francs! Man sieht wohl, daß Sie den Werth des Geldes nicht kennen. Und wenn es sich oft wiederholt …«

»Es wiederholt sich, wenn ich Geld brauche! … Sacrebleu! am Ende wird mir's langweilig, Ihre üble Laune über mich ausschütten zu lassen, wenn ich ein ähnliches Anliegen habe. — Haben Sie denn kein Gedächtniß, Bouffi, daß Sie unsern Vertrag ganz vergessen?«

»O, ich habe ein sehr gutes Gedächtniß.«

»Man könnte es bezweifeln. Ich bin absichtlich heute gekommen, weil ich weiß, daß Ihre Commis Sonntags nicht im Bureau sind, um Sie allein zu treffen und mich ungestört mit Ihnen zu besprechen.«

»Mein Gott! es bedarf ja gar keiner Besprechung; ich weiß recht gut, was Sie mir zu sagen haben …«

»Warum sträuben Sie sich denn gegen die Erfüllung Ihrer Versprechungen?«

»Ich halte meine Versprechungen … und sogar noch mehr.«

»Das ist nicht wahr!«

»Herr Floquart, vergessen Sie sich nicht!«

»O, nehmen Sie nur keine vornehme Miene an! das zieht bei mir nicht. Sie möchten mich prellen wie die Andern; aber ich gehöre nicht zu Ihren gimpelhaften Klienten. Wenn Sie mir nicht gutwillig geben, was ich verlange, so werde ich Sie zu zwingen wissen.«

»O, mich zwingen … das glaube ich nicht.«

»Sie glauben es nicht? Haben Sie einen gewissen

Vertrag vergessen? Sie haben ihn unterzeichnet, und es ist gut; denn ohne diese Vorsicht wäre ich übel angekommen, wenn ich Geld von Ihnen verlangt hätte. Sie sind recht undankbar, lieber Bouffi; ich habe Ihnen zu Ihrem Vermögen verholfen, und Sie markten um einige Banknoten. Das ist lumpig, knauserig!«

»Sie übertreiben sehr, wenn Sie behaupten, daß Sie mir zu meinem Vermögen verholfen. Als das bewußte Geschäft zu Stande kam, war ich bereits in sehr guten Verhältnissen.«

»Sie meinen, als Ihr Bruder starb, waren Sie bereits ein kleiner Wechselreiter; mit meiner Hilfe haben Sie dreihunderttausend Francs eingestrichen. Das war ein hübscher Anfang, nicht wahr? Und Sie haben gut damit gearbeitet, diese Gerechtigkeit lasse ich Ihnen widerfahren; mit Ihren Bank- und Börseoperationen haben Sie Ihre Capitalien mehr als verdreifacht. Ich wette, daß Sie jetzt eine Jahresrente von mindestens fünfzigtausend Francs haben...«

»O nein!«

»Sie mögen immerhin das Doppelte haben, es wird mich recht freuen. Aber sacrebleu! ich verlange die vertragsmäßige Zahlung. Von den dreihunderttausend Francs kam mir die Hälfte zu, denn ich hatte Ihnen das Geschäft in die Hände gespielt; aber ich habe Ihnen meinen Antheil unter der Bedingung gelassen, daß Sie mir die Rente davon auszahlen. Es war sehr klug von mir, denn ich kenne mich, ich würde mein Capital in einem Jahre aufgezehrt haben. Sie haben mir also vertragsmäßig eine

Jahresrente von siebentausend Francs auszuzahlen. Ist es nicht so?«

»Ja wohl; aber Sie verlangen jedes Jahr mehr als siebentausend Francs.«

»Ich glaube nicht. Und wenn ich auch tausend Francs mehr verlangte, so wäre das eine Kleinigkeit.«

»Ich würde mich lieber mit einer runden Summe abfinden, um Ruhe zu haben.«

»Wir wollen sehen; wir können das in diesen Tagen abmachen. — Jetzt sagen Sie, wollen Sie mir die fünfzehnhundert Francs geben?«

»Ich muß wohl, Sie schreien sonst zu sehr . . .«

»O, heute kann ich wohl schreien, Ihre Commis kommen Sonntags nicht zu ihrem Privatvergnügen, um zu arbeiten.«

»O nein, sie würden sich wohl hüten. — Hier sind Ihre fünfzehnhundert Francs.«

»Sie sind erschrecklich zäh! . . . Ich habe seit einigen Tagen kein Glück im Spiel gehabt; aber das Blatt muß sich doch wenden.«

»Wohin gehen Sie?«

»Zum Café Anglais.«

»Ich gehe mit Ihnen.«

Die beiden Herren gehen fort; aber statt ihren Weg durch das Cabinet zu nehmen, gehen sie durch das Bureau; sie kommen folglich an Horace vorbei, der ganz ruhig an seinem Schreibtische sitzt. Der Banquier steht wie versteinert still, als er seinen Buchhalter erblickt; auch der große Floquart ist ganz bestürzt. Horace zählt das in seinem

Portemonnaie befindliche Geld, ohne die beiden Herren zu beachten.

»Ei! es war Jemand hier,« sagt endlich Floquart; »man hat Ihnen eine angenehme Ueberraschung bereiten wollen, Bouffi. Ihre Commis sind wirklich sehr diensteifrig: sie kommen Sonntags, selbst wenn man sie gar nicht braucht! Das ist höchst anerkennenswerth; an Ihrer Stelle würde ich ihnen Gratificationen geben!«

Bouffi, dem das Zusammentreffen mit Horace äußerst unangenehm zu sein scheint, sagt verdrießlich zu ihm:

»Was machten Sie denn hier?«

»Wie Sie sehen, Herr Bouffi, ich zählte mein Geld.«

»Und deshalb sind Sie Sonntags ins Bureau gekommen?«

»Das nicht, ich hatte meine Geldtasche aus Versehen in meinem Pulte gelassen und bin gekommen, um es zu holen.«

»Warum haben Sie denn Ihre Anwesenheit nicht merken lassen? Sie haben kein Geräusch gemacht.«

»Ich würde mich wohl gehütet haben; ich wollte Ihre Unterredung mit Herrn Floquart nicht stören.«

Der Banquier wechselt einen Blick mit seinem vertrauten Freunde und erwiedert:

»Mit andern Worten: Sie haben mein Gespräch mit Floquart belauscht.«

»Herr Bouffi, man braucht nicht zu lauschen, um zu hören, was gesprochen wird ... und ich hatte nicht Lust, mir die Ohren zu verstopfen.«

»Kommen Sie, Floquart.«

Draußen sagt Bouffi zu seinem Begleiter:

»Der junge Bermont hat unser Gespräch gehört.«

»Nun, was liegt daran? Was hat er denn gehört? Daß ich Ihnen ein Geschäft zugebracht, bei welchem Sie dreihunderttausend Francs verdient haben, sonst nichts. Es ist ja eine ganz einfache Sache, die für uns nichts Compromittirendes hat.«

»Es ist wahr, mehr haben Sie nicht gesagt. Aber es ist mir doch unangenehm, daß er unser Gespräch gehört hat. Der junge Mensch gefällt mir nicht recht mehr, seine Antwort klang höhnisch.«

»Ich habe Ihnen schon gesagt, daß er ein impertinenter Mensch ist, aber Sie wollten mir nicht glauben; jetzt sehen Sie, daß ich Recht habe.«

»Ja, er nimmt einen Ton an, der mir nicht behagt; ich glaube, daß er in meinem Geschäft nicht lange bleiben wird.«

»Jagen Sie ihn so bald wie möglich fort, es ist das Beste, was Sie thun können.«

Während die beiden Herren ihre Ansichten über Horace austauschten, begibt sich dieser zu seiner Tante.

»Herr Bouffi und sein Floquart sind zwei Gauner,« sagt er zu sich; »ich habe es längst geahnt. Schade, daß sie nicht mehr gesagt haben. Diese dreihunderttausend Francs, die der Banquier nach dem Tode seines Bruders eingestrichen ... sie gehörten vielleicht dem armen Oswald, den man, wie die Leute glauben, aus Mitleid und Barmherzigkeit erzogen hat. Aber ich habe nicht genug gehört und ich werde Oswald nichts davon sagen, denn ich kann gegen seinen Oheim keine Beweise beibringen und würde für einen Verleumder gehalten werden. — Doch es ist mir recht lieb, daß ich dieses Gespräch gehört habe; es kann mir vielleicht nützlich sein ... der Zufall leistet mir sehr gute Dienste: einerseits der Mann, andererseits die Frau ... sie passen vortrefflich zusammen.«

Sechstes Capitel.
Veränderte Verhältnisse.

Horace hat bei seiner Tante von der unwillkürlich angehörten Unterredung zwischen Bouffi und dessen Freund nichts erzählt; aber der Banquier läßt seine üble Laune bald merken.

Zwei Tage nachher kommt Oswald mit Thränen in den Augen in's Bureau und sagt zu Horace:

»Ach! Lieber Freund ... ich habe Dir eine sehr unangenehme Nachricht mitzutheilen ...«

»Was denn? ... Will mich dein Oheim entlassen? Das ist mir keineswegs unangenehm, denn ich habe gar nicht die Absicht zu bleiben. Du hast also gar keine Ursache zur Betrübniß.«

»Nein, das ist's nicht; es würde mir weniger Kummer machen ...«

»Nun, was ist's denn? Sprich doch und mache kein so weinerliches Gesicht. Ein Mann soll nicht weinen!«

»Mein Oheim hat mich beauftragt, deiner Tante zu sagen, daß sie vom ersten Juli an — also in acht Tagen — nicht mehr Inspectorin seines Hauses in der Rue du

Temple sei; daß sie folglich nicht mehr freie Wohnung haben werde und falls sie im Hause bleibe, achthundert Francs Miethzins bezahlen müsse."

Horace zerknittert ein Heft, das er in der Hand hatte, und erwiedert:

"Der Schuft! Meine Tante aus dem Hause zu treiben! Denn für eine Wohnung, die nicht vierhundert Francs werth ist, achthundert verlangen, ist so gut wie aufkündigen. — Aber er soll nicht die Genugthuung haben, mich zu entlassen, denn ich werde ihm noch heute melden, daß ich am Ende dieses Monats austrete."

"Horace, bedenke doch . . . es wäre vielleicht besser, wenn Du bliebst . . ."

"Ich brauche keine Bedenkzeit, um zu wissen, daß dein Onkel ein nichtswürdiger Mensch ist. Ich weiß mehr über seine Verhältnisse, als Du glaubst. — Ich sollte bei einem Manne bleiben, der meine Tante so schlecht, so rücksichtslos behandelt! Das kannst Du nicht von mir erwarten. Uebrigens kannst Du versichert sein, daß dein Onkel mich entlassen würde, wenn ich nicht kündigte. Ich will ihm lieber zuvorkommen."

"Er hat mich beauftragt, im Laufe des Tages zu Madame Rennecart zu gehen und ihr seinen Entschluß mitzutheilen. Ein höchst peinlicher Auftrag . . . ich kann unmöglich . . ."

"Bemühe Dich nicht; ich will meine Tante davon in Kenntniß setzen, und ich werde es so einrichten, daß sie keinen Kummer hat. Ich nehme es auf mich."

"O, Du thust mir einen großen Gefallen."

"Aber vor Allem muß ich mit deinem Wohlthäter,

mit deinem edelmüthigen Oheim sprechen. Ist er in seinem Cabinet?«

»Nein, er ist ausgegangen, er wird erst gegen zwei Uhr hier sein.«

»Also um zwei Uhr. Wir werden eine recht pikante Unterredung haben. — Höre, mir fällt etwas ein. Es wäre eine gute Gelegenheit, ihn um seine Einwilligung zu deiner Vermälung mit meiner Schwester zu bitten...«

»Du scherzest! Wenn Du ihm kündigst...«

»Es ist ein ganz willkommener Anlaß. Es freut mich, sofort mit ihm auf's Reine zu kommen, um zu wissen, woran ich bin.«

»Horace, bedenke doch...«

»Laß mich nur handeln, wie ich's für gut finde. Ich habe Dir schon gesagt, daß Virginie deine Frau werden soll, um das Uebrige kümmere Dich nicht.«

Horace erwartet mit Ungeduld die Ankunft Bouffi's. Endlich hört man den Banquier in seinem Cabinet mit einigen Fremden sprechen. Als sich diese entfernt haben, begibt sich Horace zu ihm.

»Was wollen Sie?« sagt Bouffi mit hochfahrendem Tone, als Horace vor ihm erscheint. Dieser antwortet höhnisch, ohne sich durch das anmaßende Wesen des Banquiers abschrecken zu lassen:

»Ahnen Sie es nicht, Herr Bouffi?«

»Nein, sonst würde ich Sie nicht fragen.«

»Dann werde ich das Vergnügen haben, es Ihnen zu sagen. — Vor Allem gratulire ich Ihnen zu Ihrer Artigkeit gegen meine Tante. Sie hat ihre Obliegenheiten als Hausinspectorin mit der größten Pünktlichkeit erfüllt;

sie hat den Miethzins immer zur rechten Zeit abgeliefert und sogar aus ihrer Tasche vorgestreckt, wenn die Wohnparteien nicht zahlten; kurz, es hat Niemand die mindeste Klage über sie zu führen gehabt. Diese Gründe haben Sie vermuthlich bewogen, ihr die Stelle zu entziehen.«

»So! Madame Rennecart ist Ihre Tante … ja, richtig, jetzt erinnere ich mich.«

»O, Sie hatten es gewiß nicht vergessen.«

»Herr Bermont, Ihre Tante hält sich immer über die von mir beabsichtigte Steigerung des Miethzinses auf; sie belästigt mich mit Klagen über die angebliche Bedrückung der Wohnparteien, und das kann ich nicht leiden. Ich kann mit meinem Hause schalten und walten, wie mir's beliebt; ich brauche Niemand zur Empfangnahme des Miethzinses, ich kann das Geld selbst eincassiren und kann daher sowohl eine Hausinspectorin als Ihre Bemerkungen füglich entbehren.«

»Sehr wohl, Herr Bouffi; Sie zeigen meiner Tante auch an, daß sie für die von ihr bewohnten zwei Zimmer achthundert Francs bezahlen soll.«

»Ja wohl, die Wohnung kostet achthundert Francs, es ist nicht zu theuer. Es steht ihr frei, zu bleiben oder auszuziehen.«

»O, sie wird ausziehen, darauf können Sie sich verlassen. Und hätten Sie ihr die Wohnung umsonst gegeben, meine Tante würde doch nicht in Ihrem Hause geblieben sein.«

»Sie kann thun, was sie will, ich kann ihr nichts verbieten.«

»Und ich, Herr Bouffi, habe Ihnen anzuzeigen, daß

ich auch nicht bei Ihnen bleiben will. Ich werde bis Ende dieses Monats, also noch acht Tage, bleiben, weil ich meine Besoldung ungeschmälert beziehen will; aber am ersten August werde ich die Ehre haben, mich Ihnen zu empfehlen.«

Der Banquier ärgert sich, daß ihm Horace zuvorgekommen ist, und antwortet:

»Es ist recht gut, Herr Vermont, daß Sie von selbst gehen, Sie kommen meinen Wünschen entgegen, denn ich hatte nicht die Absicht, Sie zu behalten. Sie nehmen einen sonderbaren Ton an, der mir nicht gefällt, Sie sind unhöflich, Sie haben sich gegen Herrn Floquart sehr unschicklich benommen.«

»Aha! Ihr lieber Freund Floquart. Ich begreife wohl, daß er Ihnen theuer und werth ist. Ein Mann, der Ihnen Geschäfte, bei denen auf einen Zug dreihunderttausend Francs zu fischen sind, in die Hände spielt! ... Dreihunderttausend Francs im Handumdrehen, das ist wirklich famös!«

Der Banquier wird kirschroth vor Aerger; er nagt an den Nägeln und stammelt:

»Nun, ein Gewinn von dreihunderttausend Francs bei einer Bankoperation ist keineswegs unerhört ... es kommt ziemlich oft vor.«

»Ich weiß nicht, ob das Profitchen bei einer Bankoperation gemacht worden ist. Auf jeden Fall scheint Ihr lieber Floquart ziemlich hohe Procente als Mäklergebühr berechnet zu haben. — Siebentausend Francs Renten ... wahrlich ein hübsches Capital.«

Der Banquier dreht sich unruhig auf seinem Sessel, stößt sein Federmesser in den Schreibtisch und erwiedert mit stockender Stimme:

»Herr Bermont, wenn man lauscht, sollte man sich auch Mühe geben, recht zu verstehen. Ich weiß nicht, was Sie mit Ihrer Siebentausendfrankenrente meinen. Uebrigens haben Sie sich um meine Geschäfte mit Herrn Floquart gar nicht zu kümmern.«

»Es ist wahr, ich habe mich nicht darum zu kümmern; es kann einen Andern angehen, nicht mich.«

»Ich glaube, Herr Bermont, daß Sie mir nichts mehr zu sagen haben. Am Ende dieses Monats sind Sie entlassen.«

»Das versteht sich.«

»Und Ihre Frau Tante wird am fünfzehnten ihre Wohnung räumen. Ich lasse ihr Zeit bis zum fünfzehnten.«

»Das ist nicht nothwendig, sie wird am ersten ausziehen.«

»Nach Belieben. — Jetzt gehen Sie an Ihre Arbeit; ich denke, daß Sie mir nichts mehr zu sagen haben.«

»Entschuldigen Sie, ich habe Ihnen noch etwas mitzutheilen, und ich wette, daß es Ihnen Freude machen wird.«

»Lassen Sie hören.«

»Herr Bouffi, Sie müssen wissen, daß ich eine Schwester habe, welche Virginie heißt; sie ist siebzehn Jahre alt und sehr hübsch . . .«

»Was kann mir daran liegen, ob Ihre Schwester hübsch ist oder nicht?«

»Ich will's Ihnen sagen. Sie haben einen Neffen, der ebenfalls ein hübscher Junge ist. Die beiden jungen Leute haben sich gesehen und kennen gelernt, sie gefallen einander. Kurz und gut, Ihr Neffe liebt meine Schwester.«

»Das ist mir ziemlich gleichgiltig. Junge Leute haben immer kleine Liebeleien, die sich bald wieder zerschlagen.«

»Glauben Sie denn, Herr Bouffi, daß ich ein unlauteres Liebesverhältniß zwischen Oswald und meiner Schwester dulden würde? Ist denn die Tochter meines Vaters zu Maitressendiensten bestimmt? Ei, das möchte ich doch sehen!«

»Fassen Sie sich kurz; wo wollen Sie hinaus?«

»Ich bitte um die Hand Ihres Neffen für meine Schwester. Die jungen Leute lieben sich, es muß ein Paar aus ihnen werden; Sie werden Ihren Neffen in einer Weise ausstatten, die Ihrer würdig, und das Glück der jungen Eheleute ist gesichert.«

Bouffi lehnt sich auf seinem Sessel zurück und erwiedert lachend:

»O, das ist zu arg! das geht zu weit ... ich habe es wahrlich nicht erwartet.«

»Es freut mich sehr, daß mein Antrag Sie in heitere Laune versetzt,« sagt Horace; »Sie geben also Ihre Zustimmung zu dieser Heirat?«

»Herr Bermont, dieser Spaß — denn für etwas Anderes kann ich's nicht nehmen — ist Ihrer ganz würdig! Was für eine Mitgift hat denn Ihre Schwester, damit mein Neffe keine Albernheit begehe?«

»Was für eine Mitgift? für den Augenblick hat sie nichts. Aber später — Sie wissen ja — werden wir den Schatz auf der Wiese auffinden.«

Der Banquier schlägt mit der Faust auf seinen Schreibtisch und erwiedert:

»Die Wiese gehört jetzt mir, und ich verbiete Ihnen, dieselbe zu betreten.«

»So! Sie verbieten mir's! . . . Das ist bald gesagt; aber ich werde mich um Ihr Verbot nicht kümmern. Es führt ein Fußpfad darüber, und Sie können Niemand verbieten, denselben zu betreten. Ich werde den ganzen Tag auf dem Posten stehen!«

»Wollen Sie denn nach Montagny übersiedeln?«

»Ich warte nur auf Ihre Abreise, um Sie dorthin zu begleiten.«

»Es ist gut, wir werden sehen.«

»O ja, ich glaube, daß wir drüben sehr hübsche Sachen sehen werden. Sie verweigern Ihre Einwilligung zu der Heirat, weil meine Schwester noch nichts hat; aber wenn Sie Ihren Neffen ausstatten wollten, so würde es aufs Gleiche hinauskommen. Wenn Sie ihm zum Beispiel seine dreihunderttausend Francs gäben, welche Sie nach dem Tode Ihres Bruders — des Vaters unsers armen Oswald — so schnell verdient haben.«

Bouffi wechselt die Farbe, er wird leichenblaß, steht auf, geht hastig im Cabinet auf und ab, und stammelt mit einer vor Zorn bebenden Stimme:

»Herr Bermont, ich befehle Ihnen, mein Cabinet zu verlassen. — Sie können an meine Casse gehen und sogleich austreten . . . man wird Ihnen die Besoldung für den Monat auszahlen.«

»Mit Vergnügen, Herr Bouffi . . . und ich betrachte es nicht als ein Präsent, das Sie mir machen, sondern nur als eine geringe Entschädigung, weil ich als Buchhalter eine ganz ungenügende Besoldung erhalten habe. — Ich empfehle mich), Herr Bouffi. Ich werde das Vergnügen haben, Sie in Montagny wiederzusehen."

Horace verläßt das Cabinet, in welchem der tiefbestürzte Banquier allein zurückbleibt; er begibt sich zur Casse, streicht seine Monatsbesoldung ein, nimmt seinen Hut, drückt Oswald die Hand und verabschiedet sich von ihm mit den Worten:

»Ich bin glücklicher, als ich hoffte; statt erst in acht Tagen auszutreten, gehe ich jetzt.«

»Wie! schon . . .«

»Komm diesen Abend zu meiner Tante; ich werde Dir Alles erzählen. Adieu!«

»O, ich habe das Rechte getroffen,« sagt Horace unterwegs zu sich; »ich habe durch die Erwähnung seines Bruders den wunden Fleck berührt. Wenn ich noch zweifeln könnte, so würde ich durch seine Verlegenheit, seinen Ingrimm, kurz durch die Wirkung meiner Worte vollends überzeugt werden. Der Banquier vermochte die Angst, die ich ihm machte, nicht zu verbergen . . . und nur die Angst konnte ihn bewegen, mir die Besoldung für die nicht abverdienten acht Tage auszuzahlen. — Jetzt muß ich meiner Tante die Hiobspost bringen. Die arme Frau! es wird ihr Kummer machen, aber ich werde ihr Muth geben. Sie ist ja eine beherzte Frau, welche die Schläge des Schicksals wohl zu ertragen vermag; sie wird sich in das Unvermeidliche zu fügen wissen.«

Horace ist trotzdem tief bewegt und befangen, als er zu seiner Tante kommt.

»Wie!« sagt sie erstaunt, »Du kommst ja sehr früh aus deinem Bureau . . .«

»Ja, Tante, weil ich Dir eine gute Nachricht zu bringen habe.«

»Eine gute Nachricht! Hast Du Zulage bekommen?«

»Das wohl nicht, aber ich habe meine Besoldung bekommen. Sieh', da sind die Goldfüchse... hundert Francs. O, dein Neffe ist sehr reich... und dazu das bei Seite gelegte Sümmchen.«

»Du hast deine Besoldung bekommen, und es ist heute erst der dreiundzwanzigste. Was bedeutet das?«

»Es bedeutet, daß wir Beide fortan nichts mehr mit Herrn Bouffi zu thun haben: Du, weil er Dir kündigt; ich, weil ich ausgetreten bin.«

»Er kündigt mir die Wohnung?«

»Ja wohl, Tante. Zum Lohn für deinen Eifer und deine Pünktlichkeit entzieht Dir der ehrenwerthe Herr Bouffi die freie Wohnung und verlangt von Dir achthundert Francs Miethzins.«

»O mein Gott, ist es möglich!«

»Ja, so ist's, Tante. Wirst Du jetzt noch in Abrede stellen, daß dieser Bouffi ein erbärmlicher Wicht, ein Schuft ist? Ich weiß auch, daß er ein Betrüger ist. Du wirst mir also nicht zürnen, daß ich meinen Platz aufgegeben habe. Ich würde ein erbärmlicher Wicht sein, wenn ich länger bei ihm bliebe. Nicht wahr, Tante, ich habe recht gethan?«

»Mein Gott! Ich bin ganz bestürzt über die Nachricht, die Du mir bringst. — Ich soll meine Wohnung räumen! Es war Alles, was ich als Hausinspectorin erhielt; aber es ist viel in einer Zeit, wo die Wohnungen so theuer sind. Ach, meine armen Kinder, was sollen wir anfangen? Um mich selbst ist mir nicht bange, nur um Dich und deine

Schwester. Wovon sollen wir leben, wenn von neunhundert fünfzig Francs Renten noch Miethzins bezahlt werden muß?«

»Sei unbesorgt, Tante. Ich kann's einige Zeit aushalten, ich werde für Alles sorgen. Wir bleiben nicht in Paris, es ist hier zu theuer ... und überdies will ich durchaus nach Montagny gehen.«

»Nach Montagny! Es sind ja dort keine Wohnungen zu vermiethen. Es sind wohl kleine Häuser, Strohhütten zu verkaufen, aber dazu haben wir kein Capital.«

»O, wir werden schon ein Plätzchen finden ...«

»Wir kennen dort Niemand mehr.«

»Ich habe Bekanntschaften, verlaß Dich nur auf mich. Am Ende dieses Monats müssen wir Paris verlassen.«

»Hast Du denn deine Wohnung gekündigt?«

»Ja wohl; seitdem ich weiß, daß Bouffi unser Landhaus gekauft hat, bin ich entschlossen nach Montagny zu gehen und habe daher gekündigt. Eines Tages, als bei Chapart eine Hochzeit gefeiert wurde, kam ein Herr und eine Dame, um das Zimmer zu sehen. Die Leute sind vermuthlich große Freunde von Tanzunterhaltungen, denn als sie die Musik hörten, machte die Frau eine Pirouette, der Herr einen Entrechat, und sie mietheten auf der Stelle.«

»Nun, so wollen wir uns entschließen, Paris zu verlassen. O, mir macht's keinen Kummer, wir sind ja in Montagny zur Zeit meines armen Bruders so glücklich gewesen; aber Virginie ...«

»Virginie wird mit uns gehen; wir können sie doch nicht allein in Paris lassen.«

»Ich weiß es wohl, lieber Horace; aber sie muß ihren Erwerb aufgeben.«

»Die Inhaberin des Ladens ist, wie Du mir gesagt hast, eine sehr freundliche, gefällige Dame; sie wird meiner Schwester Arbeit geben; sie wird ihr für mindestens vierzehn Tage mitgeben, und alle vierzehn Tage wird Virginie mit mir nach Paris kommen, ihre Arbeit abliefern und neue mitnehmen.«

»Du weißt für Alles Rath. Aber glaubst Du nicht, daß sich deine Schwester auf dem Lande grämen wird, wenn sie ihren Bräutigam nicht mehr sehen kann?«

»Virginie wird sich an ihrem Geburtsorte gewiß nicht grämen, und sie kann Oswald zuweilen sehen; es sind ja nur zwölf Lieues von Paris, und die Eisenbahnen sind hauptsächlich für Liebesleute erfunden worden. Und wenn ich meiner Schwester sage, daß wir dort die Vorbereitungen zu ihrer Hochzeit treffen werden, so wird sie gewiß gern nach Montagny gehen. Sei nur ruhig, Tante, diesen Abend werde ich ihr alles dies schon begreiflich machen.«

Als Virginie Abends nach Hause kommt, erzählt ihr Horace Alles, was sich zugetragen und was er mit seiner Tante verabredet hat. Als sie erfährt, daß sie Paris verlassen soll, bricht sie in Thränen aus und fragt schluchzend:

»Und Oswald?«

»Oswald wird uns in Montagny sehr oft besuchen. Sein Oheim hat ja unser Haus gekauft, und natürlich wird der Neffe oft dort sein. So wird er Dir eigentlich näher sein als bisher.«

»Ja, es ist wahr,« antwortet Virginie, die nun durch die Thränen lächelt; »sein Onkel hat die Wiese gekauft...«

»Ja, und deshalb will ich dort sein; ich will den

Herrn, der unsern Schatz heben will, nicht aus den Augen lassen. Du siehst also, daß wir Alle im Interesse deiner Liebe nach Montagny gehen müssen."

"Aber meine Arbeit?"

"Wir haben an Alles gedacht. Deinen ganzen Weißkramladen kannst Du freilich nicht mitnehmen, aber arbeiten kannst Du dort so gut wie hier. — Jetzt, da wir einig sind, möchte ich Dir rathen, Tante, einen großen Theil deines alten Plunders zu verkaufen und nur deine zwei Betten zu behalten, das Uebrige können wir drüben leicht ersetzen."

"Ich habe nur eine Sorge," sagt Madame Rennecart, "wo sollen wir in dem kleinen Dorfe wohnen?"

"Darüber mußt Du Dir keine Sorgen machen, liebe Tante, Du weißt ja, daß in der Schrift steht: »Suchet, so werdet Ihr finden!« Und wir wollen suchen!"

Siebentes Capitel.

Unverhofftes Glück.

Oswald begibt sich Abends zu Madame Rennecart, um zu erfahren, wie man den fatalen Entschluß seines Oheims aufgenommen hat. Man theilt ihm den für die nächste Zukunft entworfenen Plan mit. Der arme Oswald ist anfangs untröstlich, als er erfährt, daß die ganze Familie Paris verlassen und nach Montagny übersiedeln will.

"Ich werde Euch nicht mehr sehen," jammert er,

»Virginie wird mich vergessen und einem Andern ihr Herz schenken!«

»Nein, Oswald, ich werde nie einen Andern lieben, ich werde immer an Dich denken,« erwiedert Virginie, welche ebenfalls in Thränen ausbricht.

»Wie kleinmüthig Du bist!« sagt Horace zu seinem Freunde. »Ich weiß wirklich nicht, wo meine Schwester draußen einen beachtenswerthen Freier finden sollte, es müßte denn ein Landmann oder Mehlhändler sein. Und überdies ist es wahrscheinlich, daß dein Oheim Dich auf das angekaufte Landgut mitnehmen wird, und dann wirst Du bei uns sein.«

»Ich weiß nicht, ob mein Oheim mich mitnehmen wird; seit der Unterredung, die er mit Dir gehabt hat, ist er in einer fürchterlichen Laune, er fährt alle Leute an, und mich insbesondere. Es hat fast den Anschein, daß er mich nicht mehr leiden mag.«

»Ich finde das ganz begreiflich; aber es wird schon vergehen. — Wie steht's mit den Arbeiten, die er in seinem Landhause machen läßt?«

»Man hat ihm angezeigt, daß Alles fertig sei, und ich glaube, daß meine Tante am Ende dieses Monats ihren Aufenthalt in Montagny nehmen wird.«

»Schön, dann treffen wir Alle zugleich ein.«

»Aber wo werdet Ihr denn wohnen?« fragt Oswald seine Braut; »wo soll ich Euch erfragen, wenn ich Euch besuchen will?«

»Ich weiß nicht; Du mußt meine Tante fragen.«

Oswald wendet sich an Madame Rennecart, die ihm antwortet:

»Ich weiß nicht, wo wir wohnen werden: fragen Sie meinen Neffen.«

Der junge Mann richtet nun dieselbe Frage an Horace, der ihm erwiedert:

»Ich weiß noch nicht genau, wo wir wohnen werden. Aber wir sind ja dort nicht unbekannt, und im Dorfe gibt es noch viele Leute, die meinen Vater gekannt, die mich und meine Schwester als Kinder gesehen haben; man hat in Montagny den Namen Vermont noch nicht vergessen, und wenn Du Dich nach uns erkundigst, wird man Dir gewiß sagen, wo wir wohnen.«

»Ihr wollt also in einer Bauernhütte wohnen!« sagt Oswald seufzend.

»Lieber Freund, eine Strohhütte an einem Orte, der uns gefällt, ist besser als ein prächtiges Haus, wo man verdrießlich ist. Ein Schriftsteller sagt mit Recht: »Die Heimat ist überall, wo man glücklich ist.« Aber wenn man in seiner Heimat glücklich sein kann, so wird uns gewiß das höchste Glück, das hienieden möglich, beschieden sein. — Nicht wahr, Du hast diese Betrachtungen aus meinem Munde nicht erwartet? Ich auch nicht. Aber der kurze Aufenthalt im Bureau deines Oheims hat meine Weltkenntniß vermehrt und mir Anlaß zu philosophischen Betrachtungen gegeben.«

Horace, der nun nichts mehr bei dem Banquier zu thun hat, kann über seine Zeit verfügen, und da er immer an Madame Huberty denkt, so verweilt er oft und lange auf der Treppe. Er hat sich vorgenommen, nicht abzureisen, ohne der reizenden Dame im vierten Stocke Lebewohl gesagt zu haben; aber es vergehen drei Tage und er hat auf der Treppe noch keine lebende Seele gesehen, als die Söhne der Makkabäer, die Köchin Noëmie und den Metzgerburschen August, der bei seiner Meisterin freien Zutritt hat, selbst, wenn sie mit ihrer Toilette beschäftigt ist.

Am vierten Tage sagt Horace zu sich:

»Ich sehe wohl, daß ich zu der Dame gehen muß, denn sie ist ja nie sichtbar. Im Grunde ist es ganz natürlich, daß ich sie besuche, um ihr anzuzeigen, daß sie den nächsten Miethzins nicht mehr an meine Tante zu zahlen hat; sie kann meinen Besuch nicht übelnehmen. Ich kann ihr ja sagen, daß meine Tante mich beauftragt habe, sie von dieser Veränderung in Kenntniß zu setzen.«

Gegen Mittag begibt sich Horace in den vierten Stock hinauf und schellt bei der jungen Dame. Diese öffnet und macht ein sehr ernstes Gesicht, als sie den Neffen der Madame Rennecart erkennt; aber Horace nimmt sogleich das Wort:

»Madame, verzeihen Sie, daß ich Sie störe; meine Tante schickt mich zu Ihnen ...«

»Etwa wieder, um zu erfahren, ob ich zerbrochene Fensterscheiben habe?« unterbricht Madame Huberty.

»Nein, Madame, es ist eine wichtigere Angelegenheit. Meine Tante wird dieses Haus verlassen; der Hausherr, ein ganz abscheulicher Mann, entzieht ihr die Aufsicht über das Haus und die freie Wohnung.«

»Ist es möglich! Es thut mir sehr leid.«

»Ich glaube wirklich, daß man meine Tante ungern missen wird. Nicht wahr, Madame, Sie haben nie Ursache zu einer Beschwerde gehabt?«

»O nein, ich bin vielmehr immer sehr zufrieden gewesen. Aus welchem Grunde will denn der Hausherr Madame Rennecart nicht mehr behalten?«

»Er hat gar keinen Grund angegeben; es ist sein Wille, und nichts dagegen einzuwenden.«

»Diese Veränderung ist mir sehr unangenehm. Und Ihre Frau Tante zieht aus?«

»Ja, Madame, sie wird sogar Paris verlassen. Wir werden Alle auf dem Lande wohnen ... in Montagny, unweit Ermenonville. Am Ende dieses Monats reisen wir ab.«

Der Name des Dorfes ist der jungen Dame aufgefallen, sie scheint tief ergriffen.

»Setzen Sie sich doch,« sagt sie, auf einen Stuhl deutend.

»Sehr gern, Madame,« erwiedert Horace sehr erfreut; »denn ich bin etwas müde, ich bin heute viel gegangen.«

»Sie werden also in Montagny wohnen?«

»Ja, es ist mein und meiner Schwester Geburtsort. O, es ist ein schöner Aufenthalt.«

»Ich weiß es ... ich kenne es ...«

»Sie kennen es, Madame?«

»Ja, ich habe dort einige Zeit gewohnt, und es hat mir dort sehr gefallen.«

»Sie haben in Montagny gewohnt? Dann kennen Sie auch die schöne Klatschrosenwiese, welche meinem Vater gehörte?«

Madame Huberty wird sehr blaß und stammelt:

»Ja wohl ... ich kenne diese Wiese ... ich bin zuweilen über dieselbe gegangen ...«

»Zu welcher Zeit waren Sie denn dort, Madame?«

»Vor vier ... fünf Jahren.«

»Damals waren wir nicht mehr in Montagny. Es sind beinahe dreizehn Jahre, daß wir fortzogen.«

»Dann kannten Sie wohl nicht ...«

»Wen, Madame?«

»Nein, ich habe mich geirrt, Sie können die Person, welche ich meine, nicht gekannt haben.«

»Wo wohnten Sie, Madame?«

Diese Frage scheint die junge Dame in Verlegenheit zu setzen; nach einer kurzen Pause erwiedert sie:

»Ich wohnte ... bei einer Freundin, die ... in der dortigen Gegend eine Besitzung hatte ...«

»Wahrscheinlich in der nächsten Umgebung von Ermenonville. Es gibt dort sehr hübsche Landhäuser. Da es Ihnen dort so gefallen hat, Madame, so sollten Sie diesen Sommer eine Zeit lang bei Ihrer Freundin wohnen; ich würde dann vielleicht das Glück haben, Sie zu sehen. Es würde mich unendlich freuen ... Sie können nicht glauben, wie schwer es mir wird, mich von diesem Hause, welches Sie bewohnen, zu entfernen ... und wie traurig mich der Gedanke macht, daß ich Sie vielleicht nie wiedersehen werde.«

Madame Huberty nimmt ihre ernste Miene wieder an und steht auf.

»Mein Herr,« erwiedert sie kalt und stolz; »Sie fangen wieder an, in Ausdrücken zu sprechen, die ich nicht anhören darf. Ich habe Ihnen schon gesagt, daß Sie Ihre Zeit verlieren, wenn Sie mir den Hof machen.«

»Es ist wahr, Madame, das haben Sie gesagt. Aber

was man gestern gesagt hat, kann man heute zurücknehmen …"

»Ich aber bleibe dabei,« entgegnet die junge Dame; »ich habe mir die Erlaubniß genommen, Sie aufzuhalten, weil es mir Freude machte, von einem Orte, der mir einst werth war, zu sprechen.«

»Und werden Sie wieder nach Montagny gehen? Sie können mir nicht zürnen, wenn es mich freuen würde, Sie dort wiederzusehen.«

»O nein, ich gehe nie wieder nach Montagny.«

»Nie! Wie traurig sagen Sie das, Madame! — Ein Schriftsteller sagt, man müsse das bedeutungsvolle Wort nie gar nicht aussprechen. Und er hat Recht, man kann nicht wissen, was geschehen wird.«

»Leben Sie wohl, mein Herr. Ehe Ihre Tante abreist, werde ich sie besuchen und Abschied von ihr nehmen!«

»Sie schicken mich also fort?«

»Ja …«

»Und der arme Horace soll gehen … ohne ein Wort der Hoffnung, des Trostes?«

»Hoffnung dürfen Sie sich nicht machen, und Trost werden Sie leicht finden; Sie sind ja in einem Alter, wo die Liebe … so schnell kommt!«

»Und eben so schnell wieder verschwindet; nicht wahr, Madame?«

»Ja wohl, das wollte ich hinzusetzen.«

»O nein, wer Sie gesehen hat, kann Sie nicht vergessen.«

Die junge Dame macht eine tiefe Verbeugung und öffnet die Thür.

»Adieu. Meine Empfehlung an Madame Rennecart, bis ich ihr persönlich Lebewohl sage.«

Horace ärgert sich, er geht schnell auf die Thür zu, verneigt sich, ohne ein Wort zu sagen, und geht fort. Aber er begibt sich nicht zu seiner Tante, er fühlt das Bedürfniß, sich im Freien zu ergehen, um seine Aufregung zu beschwichtigen, sich zu zerstreuen.

»Ich muß sie vergessen,« sagt er unterwegs zu sich; »es ist ja nicht möglich, eine Bresche in ihr Herz zu machen. Ja, ich muß sie vergessen, sie hat mich schnöde abgewiesen. Schade, ich würde sie recht lieb gehabt haben.«

Er ging lange zwecklos umher. Wenn man sehr zerstreut ist, so macht man selten einen Spaziergang, ohne andern Leuten in den Weg zu kommen. So geht's auch Horace, aber zu seinem Erstaunen hört er die Anrede:

»Ich wette, daß Sie in diesem Augenblicke nachsinnen, wo Sie einen andern Platz finden werden.«

Horace schaut auf und erkennt Duvalloir, der hinzufügt:

»Ich komme soeben von Herrn Bouffi. Als ich in das Bureau trat, sah ich an Ihrem Schreibtisch einen mir unbekannten jungen Mann; ich fragte Oswald, was dies zu bedeuten habe, und er sagte mir, daß Sie Ihrem Banquier gekündigt. Was hat Sie zu diesem schnellen Austritte bewogen?«

»Ich hatte mehrere Gründe, Herr Duvalloir. Erstens ist Herr Bouffi in meinen Augen ein Betrüger. Diese Behauptung werden Sie vielleicht übertrieben finden; ich wünsche aber, daß Sie sich nicht einst auf Ihre Kosten von der Wahrheit überzeugen werden. Herr Bouffi ist seit etwa sechs Monaten der Eigenthümer eines Hauses in der Rue du Temple, über welches meine Tante die Aufsicht führte. Meine Tante ist eben so rechtschaffen als gutmüthig, sie hat den Miethzins jederzeit pünktlich abgeliefert, und für ihre Mühewaltung hatte ihr der frühere Eigenthümer freie Wohnung gegeben. Das war viel werth für eine Frau, die außer einer kleinen Jahresrente von neunhundertfünfzig Francs kein Vermögen besitzt, und ungeachtet ihrer beschränkten Verhältnisse meine Schwester und mich erzogen hat. Herr Bouffi hat ihr angezeigt, daß sie fortan nicht mehr Hausinspectorin sei und für ihre Wohnung einen Preis zahlen müsse, den er zu einer lächerlichen Höhe gesteigert hatte. Sie werden einsehen, daß ich diese meiner Tante verursachte Kränkung nicht ertragen konnte. Ueberdies hatte ich im Bureau dieses Herrn einen Platz, der bisher mit zweitausendachthundert Francs besoldet gewesen war, obgleich mein Vorgänger sich in seinen Leistungen nicht mit mir messen konnte; mir wollte er gar nichts geben, und erst auf meine entschiedene Weigerung bewilligte er mir zwölfhundert Francs. Finden Sie, daß ich hätte bei ihm bleiben sollen?«

»Nein, sein Benehmen gegen Ihre Tante gibt mir, ich muß es gestehen, eine schlechte Meinung von seinem Herzen.«

»Von seinem Herzen! Er hat kein Herz und kein Gewissen!«

»Was gedenken Sie jetzt zu thun?«

Ich werde mit meiner Schwester und meiner Tante nach unserm lieben Montagny übersiedeln... nach dem

Dorfe, wo mein armer Vater ruht. Auf dem Lande leben wir billiger als in Paris.«

»Das ist wahr, aber man muß doch zu leben haben, und drei Personen mit neunhundert fünfzig Francs ... das scheint mir kaum möglich.«

»Meine Schwester arbeitet für ein Weißwaarengeschäft, und ich hoffe, daß man ihr auch draußen Arbeit geben wird; ich werde auch Beschäftigung suchen. Wann's sein muß, werde ich Bauer, und ich werde mich dessen nicht schämen; unsere Vorfahren waren ja auch Bauern, es ist der ehrenwertheste Stand.«

»Aber wo wollen Sie denn draußen wohnen? Haben Sie noch ein Häuschen zu Ihrer Verfügung?«

»Ach nein, Herr Duvalloir, nicht einmal eine Strohhütte. Ich gestehe, daß mir die Wohnungsfrage am meisten Sorgen macht. Meine Tante und meine Schwester müssen doch ein Unterkommen finden. Ich würde nöthigenfalls auf einem Baum mein Nachtquartier aufschlagen; aber Frauen können sich nicht so behelfen. — Nun, es werden sich schon Leute finden, die uns ein Plätzchen in ihrem Hause abtreten.«

»Herr Bermont, es wird mir große Freude machen, Sie aus dieser Verlegenheit zu ziehen. Sie wissen, daß ich der Eigenthümer des an Ihre frühere Besitzung grenzenden Landgutes bin?«

»Ja wohl, das Sykomorenhaus, eine herrliche Wohnung!«

»Das Sykomorenhaus steht leer, denn es hat sich kein Käufer gefunden; es wird nur von einem Gärtner und dessen Frau bewohnt. Es wird mir Freude machen, wenn Sie mit Ihrer Frau Tante und Ihrer Schwester eine

Wohnung in meinem Landhause beziehen. Sie können unter den unbenutzten Wohngemächern wählen; der Gärtner wohnt in einem Seitenpavillon. Sie werden dort also ganz unbelästigt sein, und Möbeln finden Sie auch so viel wie Sie bedürfen.«

»Sie sind wahrlich zu gütig, Herr Duvalloir; ich kann Ihr freundliches Anerbieten nicht annehmen: Ihr Haus ist zum Verkauf ausgeboten, es kann sich jeden Tag ein Käufer finden, dann müßten wir doch ausziehen und...«

»Sie müssen bedenken,« entgegnet Duvalloir, »daß wir bald den ersten Juli haben und Jedermann schon seinen Landaufenthalt gewählt hat. Mein Haus wird in diesem Jahre gewiß nicht verkauft werden; es liegt mir auch gar nichts daran; es ist mir viel angenehmer, Ihnen und Ihren Verwandten eine Wohnung darin anzuweisen. Sie haben also vor der Hand keine Störung zu fürchten. Ich versichere, daß Sie mir durch die Annahme meines Anerbietens fast einen Dienst erweisen; der Gärtner und seine Frau sind junge Landleute, welche wohl nicht geeignet sein dürften, das Haus im guten Stande zu erhalten. So lange dasselbe unbewohnt ist, fehlt es natürlich an der gehörigen Lüftung, an Sonnenlicht und an Allem, was zur Conservirung der innern Räume und der Möbel dient. Kurz, es wird mir sehr angenehm sein, wenn Sie mein Anerbieten annehmen. Werden Sie sich noch länger weigern?«

»Herr Duvalloir, meine Bedenklichkeiten werden durch Ihre Güte, Ihr Zartgefühl überwunden. Nein, ich weigere mich nicht mehr, und jetzt verhehle ich Ihnen nicht mehr, daß Sie mir eine große Freude machen.«

»Gut, es bleibt also bei der Abrede. Und es versteht

sich von selbst, daß Sie von dem Obst und den Gemüsen, welche der Garten im Ueberfluß bietet, sowie von den Erzeugnissen des Hühnerhofes so viel nehmen, wie Sie brauchen werden."

"O, das kann ich unmöglich . . ."

"Sie müssen bedenken, daß ich nicht den mindesten Schaden davon habe; ich komme nicht mehr nach Montagny und esse weder von dem Obst noch von den Gemüsen und Eiern; der Gärtner und seine Frau können nicht Alles verzehren, denn Jacquet hatte die Absicht, den überflüssigen Ertrag zu verkaufen; aber ich habe ihm befohlen, Alles was er nicht selbst braucht, unter den Leuten im Dorfe, die keinen Garten und keine Hühner haben, zu vertheilen. Sie sehen also, daß Ihre Weigerung, von Allem nach Belieben zu nehmen, gar nicht gerechtfertigt wäre."

"In der That, Herr Duvalloir, Sie beschämen mich. Womit haben wir diese Güte verdient?"

"Sie übertreiben die Gefälligkeit, die ich Ihnen erweise und die mir durchaus nichts kostet. — Und den Wein nicht zu vergessen. Der Keller ist sehr gut bestellt, denn ich hatte, da ich lange dort zu wohnen gedachte, große Vorräthe eingelegt. Der Wein muß getrunken werden, sonst verdirbt er."

"O, den Wein können Sie mit Ihrem Hause recht gut verkaufen."

"Für den Wein bekommt man nie den Preis, den er werth ist, und die Käufer nehmen ihn mit in den Kauf. — Kurz, Sie können thun was Sie wollen. Ich werde diesen Abend an meinen Gärtner Jacquet schreiben, um ihn von Ihrer baldigen Ankunft in Kenntniß zu setzen und ihm anzuzeigen, daß Sie und die Ihrigen in meiner Abwesenheit als Herren vom Hause anzusehen sind. Von übermorgen an wird man Sie erwarten."

Horace dankt Duvalloir mit einem herzlichen Händedruck; er ist so glücklich, so gerührt, daß er kaum zu stammeln vermag:

"Wie werde ich Ihnen vergelten können, was Sie für uns thun!"

"Gut, gut! Ich erkläre Ihnen nochmals, daß es mir sehr lieb ist, Sie mit den Ihrigen in meinem Hause zu wissen. — Adieu, ich will an Jacquet schreiben."

"Herr Duvalloir, ich bitte noch um Ihre Adresse, damit ich Sie besuchen kann, wenn ich nach Paris komme."

"Ich wohne im Hotel des Etrangers, Richelieustraße. Besuchen Sie mich, aber nicht um mir zu danken, sonst werde ich böse. Adieu!"

Duvalloir nimmt mit herzlichem Händedruck Abschied von Horace. Dieser bleibt auf dem Boulevard stehen und schaut ihm nach. Dabei drängen sich ihm folgende Gedanken auf:

"Diesen edlen Mann könnte man auf den ersten Anblick für hart, gefühllos halten. Man sollte nie nach dem Schein urtheilen. Er hat ein vortreffliches Herz, ein edles Gemüth. Wer ihm Kummer machen kann, muß wahrlich sehr schlecht und undankbar sein. Ja wohl, ich möchte wetten, daß seine Stimmung durch schnöden Undank verbittert worden ist. Denn gemeiniglich werden wir nicht durch die Cabalen und Angriffe unserer Feinde traurig gemacht, man erwartet von ihnen nichts Anderes; desto tiefer empfinden wir die Treulosigkeit der Menschen, die uns [theuer [waren, und den Undank derer, die uns Dank schuldig[sind. — Doch ich vergesse meine Tante und meine Schwester. Wie groß wird ihre Freude sein, wenn sie das unverhoffte Glück erfahren! Ich will zu ihnen eilen. — Aber ich bin bei der Madeleine, es ist ein weiter Weg ... ich will einen Omnibus besteigen, es wird sogleich einer abfahren.«

Horace will oben aufsteigen, es ist kein Platz mehr; er muß in dem fast vollständig besetzten Wagen einen Platz einnehmen. Die Passagiere können sich kaum rühren, weil man zu viele Leute einpfercht, zumal seit die Kleider der Damen doppelten Platz einnehmen.

Der junge Mann sinnt in seiner Wagenecke über seinen bevorstehenden Aufenthalt im Sykomorenhause nach, und er denkt mit Behagen an den Aerger Bouffi's, der ihn als Nachbar und als den Bewohner des eleganten Landhauses sehen muß.

In seiner Grübelei bemerkt Horace nicht, daß der Wagen weiterfährt. Auf dem Bastilleplatz wird angehalten. Horace hat wieder einen weiten Weg zurückzulegen und entschließt sich, in einen nach der Madeleine zurückfahrenden Wagen zu steigen; aber dieses Mal gibt er Acht, und da er [den ganzen Abend nicht im Omnibus zubringen will, so steigt er an der Rue du Temple aus.

Es ist längst Nacht, als er zu seiner Tante kommt. Er findet außer seiner Schwester die schöne Nachbarin aus dem vierten Stocke, welche gekommen ist, um von Madame Rennecart Abschied zu nehmen.

Horace tritt hüpfend und springend in's Zimmer.

»Freue Dich, Tante!« ruft er der alten Dame frohlockend zu, „Virginie, packe geschwind deine Siebensachen ein. — Ha! wir wollen lustig sein. Virginie, komm und tanze eine Polka mit mir."

Madame Rennecart sieht ihren Neffen erstaunt an und sagt:

„Was hast Du denn, Horace? Bist Du von Sinnen?"

„Nein, Tante, ich bin nicht von Sinnen. Aber seelenvergnügt, überglücklich bin ich. Ich habe in Montagny eine Wohnung gefunden . . . eine famöse Wohnung, sage ich Dir!"

„Wirklich! Bei wem denn?"

„Im Dorfe selbst?" fragt Virginie.

„Nein, nicht im Dorfe selbst, sondern in einem sehr wohlbekannten Hause."

„Es ist wohl gar in unserer vormaligen Besitzung?"

„Was fällt Dir ein! Du weißt ja, daß der ehrenwerthe Herr Bouffi sie gekauft hat, und er würde uns keine Wohnung in seinem Landhause anbieten. — Tante, Schwester, Ihr werdet in dem Sykomorenhause wohnen, in der prächtigen Villa das Herrn Duvalloir; Ihr werdet dort eingerichtet sein wie Marquisen; Ihr werdet den Genuß des Gartens, des Parks, des Hühnerhofes haben; könnt Gemüse, Eier, Obst essen, so viel Ihr wollt. Und auch Wein ist im Keller zu unserer Verfügung. — Was sagst Du dazu, liebe Tante? Hatte ich Unrecht, auf die Vorsehung zu bauen, meine Hoffnung auf die Zukunft zu setzen?"

„Ich bin ganz erstaunt, lieber Junge. Was Du mir da sagst, ist so außerordentlich, daß ich es kaum glauben kann."

„Mir ging's eben so, Tante; ich glaubte zu träumen, aber es ist die reine Wahrheit."

„Wie geht es denn zu?"

»Ganz natürlich hat sich's gemacht. Auf dem Boulevard begegnete mir Herr Duvalloir, der eben aus Bouffi's Bureau kam; er wußte bereits, daß ich meinen Platz aufgegeben hatte, und auf seine Frage erklärte ich ihm die Ursache meines Austritts. — »Was gedenken Sie jetzt zu thun?« fragt er mich. — »Wir gehen wieder in unser liebes Dorf,« antworte ich; »ich weiß nur noch nicht, wo wir eine Wohnung finden werden.« Da erwiedert er: »Ziehen Sie in mein Haus, es steht leer, ich gestatte Ihnen den Genuß des ganzen Landgutes.« — Du kannst leicht denken, Tante daß ich das Anerbieten anfangs nicht annehmen wollte, ich fürchtete, indiscret zu sein; aber er behauptete, Du würdest ihm eine große Gefälligkeit erweisen, wenn Du Dich entschließen wolltest, in seinem Landhause zu wohnen. Er meinte, ein zu lange leer stehendes Haus gehe zu Grunde, und Du würdest es weit besser besorgen als der Gärtner. Kurz, er stellte die Sache so dar, daß ich mich nicht mehr weigern konnte. — Herr Duvalloir ist wirklich ein edler, vortrefflicher Mann, er birgt das gefühlvollste Herz unter einer kalten, ernsten Hülle. Ich war ihm schon sehr zugethan; jetzt würde ich für ihn durch's Feuer gehen. — Nun, bist Du zufrieden, Tante? Hatte ich nicht Recht zu singen und zu tanzen?«

»Komm und küsse mich, Horace. Von jetzt an will ich mich Dir ganz anvertrauen. Ja wohl, Du hast uns eine recht freudige Nachricht gebracht.«

Horace küßt seine Tante und wendet sich dann zu Madame Huberty:

»Entschuldigen Sie, Madame, daß ich Ihnen noch nicht guten Abend gesagt habe; aber was ich hier zu sagen hatte, litt keinen Aufschub, ich wollte meiner Tante und meiner Schwester die freudige Nachricht mittheilen. Ich konnte es wahrhaftig nicht aufschieben; finden Sie das nicht auch?«

Die junge Dame, welche mit immer steigender Unruhe zugehört hat, ist sehr blaß und stammelt mit zitternder Stimme:

»Ja wohl ... Sie haben vollkommen Recht ... ich kann's nicht in Abrede stellen ...«

»Mein Gott! Madame, Sie sind ja sehr blaß! Sie sehen leidend aus. Sie sind doch nicht unpäßlich?«

»Nein, es hat nichts zu bedeuten ... es wird vorübergehen. Ich will mich Ihnen empfehlen.«

Madame Huberty steht auf und drückt der Tante und der Nichte die Hand; aber ihre Blicke scheinen Horace zu suchen, und zwar mit so seltsamem Ausdruck, daß es ihm auffällt. Die schöne Nachbarin zündet ihr Licht an und wünscht gute Nacht, aber sie entfernt sich langsam. Virginie will sie hinausbegleiten, aber ihr Bruder drängt sie zurück, er will sich das angenehme Geschäft nicht nehmen lassen. Vor der Thür sagt sie leise und hastig zu Horace, indem sie mit ihrer zitternden Hand die seinige ergreift:

»Ich erwarte Sie noch diesen Abend ... kommen Sie bald, ich habe Ihnen etwas zu sagen ... ich bitte Sie, lassen Sie mich nicht vergebens warten!«

»O, Madame, ich werde gewiß nicht ausbleiben,« antwortet Horace ganz erstaunt.

»Still!« mahnt die schöne Nachbarin; »ich erwarte Sie!«

Dann eilt sie die Treppe hinauf. Horace geht ganz

verblüfft in die Wohnung zurück, denn er mag kaum an das Stelldichein glauben.

Achtes Capitel.
Ein räthselhafter Auftrag.

Horace erwartet mit leicht begreiflicher Ungeduld den Moment, wo er sich, ohne Aufsehen zu machen, zu Madame Huberty begeben kann. Er ist so erstaunt, daß er zuweilen fürchtet, er habe nicht recht verstanden, was ihm die junge Dame zugeflüstert. Aber er denkt an ihre Blässe und Aufregung, er erinnert sich, daß sie ihm die Hand gedrückt und leise, aber entschieden gesagt: »Ich erwarte Sie.« Und dann hatte sie den Finger auf den Mund gehalten, um ihm Stillschweigen zu empfehlen. Alles dies ist kein Traum. Die reizende junge Dame hat ihn dringend eingeladen, sie zu besuchen; sie, die ihn vorher so kalt empfangen, ja ihm die Thür gewiesen hatte! Eine so plötzliche Aenderung des Entschlusses muß eine unerwartete, geheimnißvolle Ursache haben, und diese Ursache erregt seine Neugierde.

Horace schickt sich daher an, seine Tante und seine Schwester viel früher als gewöhnlich zu verlassen.

»Was drängt Dich denn diesen Abend?« sagt Madame Rennecart zu ihm.

»Tante, ich will anfangen einzupacken.«

»Was willst Du denn einpacken? Du hattest ja, als

Du von Rouen kamst, nicht einmal einen Koffer, und Du bist doch keineswegs lange hier."

"Das ist wahr, Tante; aber seitdem habe ich meine Garderobe vervollständigt; ich habe mir Vatermörder und seidene Schnupftücher gekauft. Virginie, ich hoffe, daß Du ebenfalls zeitig an's Einpacken denken wirst."

"Werden wir denn bald abreisen?"

"Ich hoffe es. Mich dünkt doch, ein prächtiges Haus mit einem schönen Garten und Park sollte einige Anziehungskraft haben."

"Das ist wohl wahr, Bruder; aber mein Bräutigam . . ."

"Dein Bräutigam wird uns in Montagny besuchen; wir haben Platz für ihn . . . er kann im Teiche fischen . . ."

"Er ist diesen Abend nicht gekommen."

"Sein Onkel wird ihm wahrscheinlich dringende Arbeit gegeben haben. Morgen wird er schon kommen. — Tante, es ist heute Mittwoch; ich denke, wir reisen nächsten Sonnabend ab."

"Gut, lieber Horace; wenn's nur kein Freitag ist, die übrigen Tage sind mir gleichgiltig."

"Bist Du abergläubisch, Tante?"

"Der Freitag ist mein Freund nicht."

"Nun, es steht Dir frei, deine Freunde zu wählen. Es hat ja Jedermann seine Ideen und Antipathien. Die größten Männer waren nicht frei von Aberglauben; sie glaubten an Vorbedeutungen, ausgenommen Cäsar . . . und er hatte Unrecht, nicht an die Krähen zu glauben, er würde vielleicht noch leben. Doch da ist mir eine Dummheit entschlüpft. Diesen Abend bin ich keines vernünftigen

Gedankens fähig. Also gute Nacht! Morgen sehen wir uns wieder.«

»Ich will leuchten, Bruder...«

»Nein, laß nur... ich lasse mir nicht gern ein Licht vorantragen, ich bin auch abergläubisch, ich bin lieber im Dunklen. Ich habe Katzenaugen und sehe in der Nacht recht gut.«

Horace verabschiedet sich von Tante und Schwester mit einem Kuß und geht fort. Nachdem er die Thür wohl verschlossen, steht er auf dem Hausgange still und lauscht eine kleine Weile, um zu hören, ob man ihn nicht etwa zurückrufen würde, um ihm noch etwas zu sagen; aber es bleibt still. Er eilt nun die beiden Treppen hinauf. Als er vor der Thür der jungen Dame steht, pocht sein Herz so ungestüm, daß er warten muß, um einige Fassung zu gewinnen.

»Mein Gott!« denkt er, »sollte sie mich jetzt lieben? Das wäre zu viel Glück auf einmal. — Doch nein, es kann nicht so blitzschnell gekommen sein. Nur noch einen Augenblick Geduld, ich werde mein Schicksal sogleich erfahren«.

Er klopft leise an die Thür, welche sich nach einigen Augenblicken aufthut. Die junge Dame führt ihn in ihr Wohnzimmer und bietet ihm einen Stuhl; sie scheint so tief bewegt, daß sie sich ebenfalls setzen muß. Endlich gewinnt sie einige Fassung und sagt:

»Ich danke Ihnen, daß Sie meiner Einladung Folge geleistet...«

»Madame, Sie konnten nicht daran zweifeln.«

»Sie können mir einen Dienst, einen großen Dienst

erweisen. Sie haben meine Bekanntschaft gesucht; jetzt können Sie mir beweisen, daß Sie wirklich einige Freundschaft für mich haben. Ich hoffe, daß Sie mir meine Bitte gewähren werden.«

»Madame, Sie können versichert sein, daß ich Alles für Sie thun werde, was ich vermag.«

»Sie kennen Herrn Duvalloir, wie ich diesen Abend aus Ihrem Munde vernommen.«

»Ja wohl, Madame, ich kenne ihn,« antwortet Horace, der ganz erstaunt ist, daß Madame Huberty von Duvalloir spricht.

»Ich muß diesen Herrn sprechen,« fährt die junge Dame fort; »ich wünsche baldigst eine Unterredung mit ihm zu haben.«

»Mit Herrn Duvalloir?«

»Ja. Ich bitte Sie inständigst, bieten Sie Ihren ganzen Einfluß auf, um ihn zur Gewährung meiner Bitte zu bewegen. Ich werde Ihnen sehr dankbar dafür sein, Sie als meinen Bruder schätzen und werthhalten.«

Der Name Bruder war keineswegs geeignet, die bereits gesunkene Hoffnung des armen Horace wieder zu beleben.

»Madame,« erwiedert er, »warum bezweifeln Sie denn, daß Ihnen Herr Duvalloir die gewünschte Unterredung bewilligen werde? Mich dünkt doch, er müsse sich glücklich schätzen, von einer Dame wie Sie zu einer Zusammenkunft eingeladen zu werden, und ich glaube, daß er Ihren Wunsch als Befehl betrachten wird.«

»Sie irren sich. Es ist sehr möglich, daß Herr Duvalloir meinen Wunsch nicht erfüllt.«

»O nein, er ist zu höflich dazu!«

»Mein lieber Herr, Sie wissen nicht . . . Sie können nicht wissen, warum ich diese Besorgniß hege.«

»Wenn Sie mir's sagten, Madame, so würde ich's verstehen.«

»Ach! ich kann's Ihnen nicht sagen . . . nein, ich kann's nicht.«

»Entschuldigen Sie, ich hätte diese indiscrete Frage nicht aussprechen sollen.«

»Hier ist ein Brief an Herrn Duvalloir; würden Sie die Güte haben, ihm denselben zu übergeben?«

»Sehr gern, Madame, ich stehe zu Befehl.«

»O, wie gütig sind Sie, mein lieber Herr! Wie danke ich dem Zufall, der mir verrathen hat, daß Sie Herrn Duvalloir kennen! Ich glaubte, er sei nicht in Paris.«

»Er ist noch nicht lange hier; er soll seit viertehalb Jahren auf Reisen gewesen sein.«

»So! . . . und seine Gesundheit hat auf diesen langen Reisen nicht gelitten?«

»Ich glaube nicht; aber wenn er früher heiterer Laune gewesen ist, so werden Sie ihn sehr verändert finden. Herr Duvalloir ist fast immer traurig, in sich gekehrt; ein Lächeln, das man ihm im Gespräch entlockt, verschwindet bald aus seinem Gesicht, um dem gewöhnlichen schwermüthigen Ausdruck Platz zu machen.«

Die junge Dame hält ihr Schnupftuch auf die Augen. Einige Minuten schweigt sie und Horace mag das Stillschweigen nicht unterbrechen. Endlich hat Madame Huberty ihre Thränen getrocknet und sie sagt zu ihm:

»Sie versprechen mir also, diesen Brief Herrn Duvalloir zu übergeben?«

»Ja, Madame.«

»Und bald, nicht wahr?«

»Morgen Früh werde ich mich in sein Hotel begeben ... es ist in der Richelieustraße.«

»O, ich danke Ihnen tausendmal!«

»Ist das Alles, Madame?«

»Wenn Sie nachher zu mir kommen wollten, um mir zu sagen, was Ihnen Herr Duvalloir geantwortet...«

»Ja, Madame, ich werde Ihnen sogleich Bericht abstatten.«

»In meinem Briefe bitte ich Herrn Duvalloir um eine kurze Unterredung, entweder hier oder anderswo. Ich glaube nicht, daß er mir schriftlich antworten wird; er wird Ihnen wohl sagen, wo und wann ich ihn sprechen kann ... er müßte mir denn diese Unterredung verweigern.«

»Das scheint mir unmöglich, Madame!«

»Auf morgen also, Herr Horace.«

»Ich werde pünktlich erscheinen.«

»Von jetzt an werde ich Sie als meinen besten Freund betrachten. Glauben Sie mir, lieber Horace, eine aufrichtige Freundschaft ist besser als die Liebe, die so schnell erkaltet.«

»Madame, ich bin nicht ganz Ihrer Meinung,« erwiedert Horace mit einem tiefen Seufzer.

Aber er bezwingt sich, steht auf, drückt die ihm dargebotene Hand der jungen Dame, verneigt sich sehr höflich und entfernt sich mit den Worten:

»Auf morgen, Madame.«

Horace geht nun nach Hause. Er sinnt noch lange über Alles nach, was er soeben vernommen. — »Aus den Aeußerungen dieser Dame,« sagt er zu sich, »scheint hervorzugehen, daß sie Duvalloir vor seinen Reisen genau gekannt hat; es ist sogar wahrscheinlich, daß sie sich geliebt und dann getrennt haben. Wer wohl zuerst zurückgetreten ist? Gemeiniglich machen die Männer den Anfang — freilich nicht immer. Sie scheint sich sehr nach ihm zu sehnen; sie liebt ihn noch. O ja, sie liebt ihn ... er ist mindestens zehn Jahre älter als sie, aber er kann noch gefallen. Und aller Wahrscheinlichkeit nach ist er nicht immer traurig gewesen. — Armer Horace, Du hast für deine Liebe nichts zu hoffen. Ich soll ihr Freund sein, sagt sie. Der Freund einer jungen, schönen Frau ... nur ihr Freund! Das wird mir sonderbar vorkommen; aber es wird mich verändern.«

Am andern Morgen gegen zehn Uhr begibt sich Horace in das Hotel, wo Duvalloir wohnt. Unterwegs hat er gedacht: »Ich wünschte diesem vortrefflichen Manne meinen Dank für seine Güte zu bethätigen; vielleicht hat mir die junge Dame die Gelegenheit dazu geboten. Wenn ihm, was wohl nicht zu bezweifeln, die Botschaft angenehm ist, so werde ich darin einen Trost für meine verlornen Hoffnungen finden.«

Duvalloir liest Zeitungen, als Horace erscheint. Er reicht ihm lächelnd die Hand und sagt zu ihm:

»Sie wollen gern wissen, ob ich nicht vergessen habe, an Jacquet zu schreiben. Nein, mein junger Freund, Sie haben nichts zu fürchten, der Gärtner muß jetzt meinen

Brief schon erhalten haben ... und Sie werden in Montagny erwartet.«

»Deshalb komme ich nicht,« antwortet Horace mit einiger Verlegenheit. »Es macht mir allerdings eine große Freude, Sie zu sehen, lieber Herr Duvalloir, und Ihnen noch einmal zu danken; aber ... vielleicht wäre ich diesen Morgen nicht gekommen, wenn ich nicht ... einen Auftrag an Sie hätte ...«

»Was ist's, lieber Freund? Erklären Sie sich. Wenn ich Ihnen mit etwas dienen kann, so sagen Sie es ganz offen, Sie machen mir damit eine Freude.«

»Sie sind zu gütig, Herr Duvalloir, aber dieses Mal glaube ich Ihnen ... wenigstens vermuthe ich ... mein Gott! Ich finde gar nicht heraus. Ich will Ihnen die Sache ganz ohne Umschweife erzählen. In dem Hause, welches bisher unter der Aufsicht meiner Tante stand, wohnt eine sehr hübsche, anständige junge Dame. Sie mag etwa sechsundzwanzig Jahre alt sein; sie lebt sehr eingezogen, empfängt keinen Besuch und geht gar nicht aus. Sie ist sehr interessant ... doch das hat mit meiner Botschaft nichts zu thun.«

Duvalloir hört aufmerksam zu; aber schon hat sich seine Stirn in düstere Falten gezogen, sein Gesicht hat einen noch ernsteren Ausdruck angenommen. Horace fährt fort:

»Als ich gestern Abends zu meiner Tante und zu meiner Schwester kam, war natürlich meine erste Sorge, ihnen das unverhoffte Glück zu erzählen, das uns durch Ihre Güte zu Theil geworden. Die junge Dame war da, um von meiner Tante Abschied zu nehmen und ihr Be-

dauern über ihre Abreise auszusprechen. Ich sprach natür=
lich von dem Dank, den wir Ihnen schuldig sind, und
nannte mehr als einmal Ihren Namen. Als die Dame sich
entfernte, ersuchte sie mich leise um eine Unterredung, da
sie mir eine Mittheilung zu machen habe. Ich leistete der
Einladung sogleich Folge, und . . .«

»Entschuldigen Sie,« unterbricht Duvalloir, »Sie
haben mir den Namen der Dame noch nicht gesagt.«

»Ja, es ist wahr; sie heißt Madame Huberty.«

»Huberty! . . . Gut. Fahren Sie fort.«

»Ich begab mich also gestern Abends zu der Dame,
die sehr tief bewegt war und rothgeweinte Augen hatte.
Sie sagte zu mir: »Sie kennen Herrn Duvalloir, Sie
würden mir einen sehr großen Gefallen thun, wenn Sie
mir eine Unterredung mit ihm verschafften; ich muß ihn
durchaus sprechen.« — Ich antwortete, daß es mir Ver=
gnügen machen würde, ihr gefällig zu sein. Da reichte sie
mir einen kleinen Brief mit der Bitte, Ihnen denselben
einzuhändigen. — Nehmen Sie, Herr Duvalloir, Sie
werden daraus ersehen, was sie von Ihnen erwartet.«

Horace hielt den Brief in der Hand; aber Duvalloir
nahm ihn nicht, er wandte sich ab, sein Gesicht war finsterer
als je.

»Der Brief ist wirklich an Sie,« fügt Horace erstaunt
hinzu; »nehmen Sie ihn doch. Die Dame hat mich
dringend gebeten, Ihnen denselben einzuhändigen, und sie
hatte Thränen in den Augen, als sie mir ihn übergab.«

Nach einigem Zögern entschließt sich Duvalloir end=
lich, er greift rasch nach dem Briefe, dessen Empfang seinen

Unwillen in so hohem Grade erregt, und tritt auf die Seite, um ihn zu lesen.

Horace sieht sich in seiner Erwartung sehr getäuscht, als er bemerkt, wie der von ihm überbrachte Brief aufgenommen wird. — „Ich hoffte Herrn Duvalloir eine Freude zu machen," denkt er, „und es scheint mir, daß meine Botschaft eine ganz entgegengesetzte Wirkung hat. Nun, es ist nicht meine Schuld, ich habe meine Bestellung gemacht; aber ich hätte nie geglaubt, daß ein Brief von einer so hübschen Frau so aufgenommen werden könne. Ach, wenn sie an mich geschrieben hätte!"

Als Duvalloir das ihm übergebene Billet gelesen hat, zerknittert er es in der Hand, wendet sich wieder zu Horace und sagt in sehr aufgebrachtem Tone:

„Da Sie einmal die Bestellung für ... diese Dame gemacht haben, so sagen Sie ihr, sie möge mich künftig mit ihren Zuschriften verschonen; es würde ihr nichts nützen, an mich zu schreiben, denn ich will sie nicht sehen, nichts von ihr hören, und nie — merken Sie wohl, nie werde ich diesen Entschluß ändern."

Horace ist ganz bestürzt und erwiedert:

„Es ist gut, Herr Duvalloir, ich werde der Dame sagen, was Sie mir aufgetragen. — Mein Gott! Wenn ich gewußt hätte ... wenn ich hätte ahnen können, daß Ihnen meine Botschaft unangenehm sei, so würde ich den Auftrag gewiß nicht übernommen haben. Ich möchte Ihnen so gern meine Dankbarkeit bezeigen, und jetzt werden Sie mir vielleicht zürnen, weil ich Ihnen diesen Brief überbracht habe?"

Duvalloir nimmt nun seine gewohnte ruhige Miene

wieder an, drückt dem jungen Mann mit Wärme die Hand und erwiedert:

»Nein, lieber Freund, nein, ich zürne Ihnen nicht. Der Ton, mit welchem ich soeben sprach, war nur die Folge der Aufregung, in die mich der Brief versetzte; auf Sie hatte es gar keinen Bezug... Ich habe nur noch eine Bitte an Sie...«

»Eine Bitte... an mich! Sagen Sie, was ich thun soll.«

»Nehmen Sie künftig keine Bestellung mehr von... der Dame an mich an, und sprechen Sie nie wieder in meiner Gegenwart von ihr. Nicht wahr, Sie versprechen es mir?«

»Ja, Herr Duvalloir, wenn... dieser Gegenstand des Gespräches Ihnen unangenehm ist. Sie haben nichts zu fürchten, ich werde nicht wieder davon sprechen.«

»Adieu, lieber Herr Bermont. Richten Sie sich mit den Ihrigen in dem Sykomorenhause ein, wie es Ihnen beliebt, als ob Sie zu Hause wären. Ich wünsche von Herzen, daß Sie dort recht glücklich und zufrieden sein mögen.«

»Ich danke Ihnen tausendmal! Werden Sie mir erlauben, Sie zuweilen zu besuchen, wenn ich nach Paris komme?«

»O ja... nur dürfen Sie nicht vergessen, was Sie mir soeben versprochen haben.«

»O, ich werde es gewiß nicht vergessen.«

Horace hatte von Duvalloir Abschied genommen, aber er ist ganz traurig, denn er muß sich zu Madame Huberty begeben, und ihr den Erfolg seiner Bestellung mittheilen, und es ist zu erwarten, daß ihr der Bericht über die Aufnahme, welche ihr Brief gefunden, und über die Weigerung Duvalloir's, sie zu sehen und anzuhören, großen Kummer machen wird.

»Was mag sie ihm denn gethan haben, daß er so aufgebracht gegen sie ist?« Diese Frage sucht sich Horace unterwegs vergebens zu beantworten; er begreift nicht, wie man gegen eine so hübsche Frau einen Groll haben könne.

Mit diesen Gedanken beschäftigt, kommt er [vor die Wohnung seiner Tante. Er bleibt eine Weile auf der Hausflur stehen, und fragt sich, ob er sich sogleich zu Madame Huberty begeben soll. Er entschließt sich indeß bald, er denkt: Eine Hiobspost muß recht schnell überbracht werden; sie ist wie eine bittere Arznei, man muß sie rasch verschlucken.

Die junge Dame im vierten Stock erwartete Horace mit Ungeduld; aber kaum hat sie ihm die Thür geöffnet, und einen Blick in sein Gesicht geworfen, so ruft sie:

»Sie haben die Unterredung, welche ich wünsche, nicht erlangt! Man verweigert sie mir, ich sehe es an Ihrem Gesicht.«

»Leider haben Sie Recht, Madame. Es thut mir unendlich leid, daß ich Ihnen keine günstige Antwort bringen kann.«

»Ach, ich hätte es erwarten können, ich war fast darauf vorbereitet. Aber Sie haben ihm doch meinen Brief übergeben?«

»Anfangs zögerte er, endlich aber entschloß er sich, ihn zu lesen.«

»Und hat er ihn gelesen?«

„O ja, er hat ihn gelesen."

„Und was sagte er dann? Sagen Sie mir nur ganz schonungslos Alles wieder, was er Ihnen gesagt hat, ich bin auf Alles gefaßt."

„Nun, da Sie es wünschen ..."

„Ich bitte Sie inständigst."

„Herr Duvalloir schien sehr aufgebracht zu sein, und als er Ihren Brief gelesen hatte, sagte er zu mir: „Die Dame verschone mich künftig mit ihren Briefen, es würde ihr nichts nützen; denn ich will sie weder sehen noch anhören, und nie werde ich meinen Entschluß ändern."

Die junge Dame kann sich nun nicht mehr halten, sie bricht in Thränen aus und hält ihr Schnupftuch vor's Gesicht.

„Nie!" schluchzt sie; „er will mich nicht mehr sehen!... O mein Gott, wie unglücklich bin ich!"

Horace wird durch ihren Schmerz so tief gerührt, daß er sich der Thränen kaum erwehren kann.

„Ich bin auch tief betrübt," erwiedert er; „denn ich vermag Ihnen keinen Trost zu bieten."

Nach einigen Minuten wird Madame Huberty ruhiger, sie trocknet ihre Thränen und sagt zu Horace:

„Verzeihen Sie mir, daß ich mich in Ihrer Gegenwart meinem Schmerz so überlassen habe. Ich sollte mehr Muth und Fassung haben, aber ich vermochte meine Gefühle nicht zu beherrschen. — Ich habe Ihnen Mühe gemacht, entschuldigen Sie mich ..."

„Madame, es thut mir unendlich leid, daß ich Ihnen keine günstigere Antwort bringen konnte. Ich habe gethan, was ich konnte, aber Herr Duvalloir schien so aufgebracht'..."

»Wir wollen nichts mehr davon erwähnen,« unterbricht Madame Huberty; »aber Ihre Gefälligkeit werde ich nie vergessen. Ich hatte Ihnen einen traurigen Auftrag gegeben, und es ist nicht Ihre Schuld, daß Herr Duvalloir meine Bitte so schlecht aufgenommen hat. Er ist übrigens gerecht und billig denkend, er wird den Aerger, den ihm mein Brief und meine Bitte verursacht, nicht auf Sie übergehen lassen. Ich hoffe, daß kein Zerwürfniß...«

»O nein, Herr Duvalloir war gegen mich so freundlich wie immer. In zwei Tagen werden wir sein Landhaus beziehen.«

»Sie werden in dem Sykomorenhause wohnen ... ich wünsche Ihnen viel Glück.«

»Herr Duvalloir hat mir auch Glück gewünscht. — Werden Sie uns dort nicht besuchen, Madame? Sie würden meiner Tante — von mir will ich schweigen — eine große Freude machen.«

»Warum sollte es denn Ihnen keine Freude machen, lieber Horace? Ich habe Ihnen ja gesagt, daß ich Sie als Freund, als Bruder betrachte.«

»Nun, einen Bruder pflegt man doch zu besuchen...«

»Ich weiß nicht, ob ich kann. Aber wenn ich nach Montagny komme, so werde ich Sie gewiß besuchen. — Adieu, lieber Freund, nehmen Sie nochmals meinen besten Dank.«

Die junge Dame reicht ihm die Hand, die er so stark drückt, daß sie ihn mit einer wiederholten Danksagung schnell entläßt.

Neuntes Capitel.
O schöne Heimat!

Horace hat die wenigen Einrichtungsstücke, welche Madame Rennecart durchaus behalten wollte, auf der Eisenbahn einpacken lassen; sie nimmt auch den großen Gliedermann mit, der vor ihrem Spiegel Telegraphendienste verrichtet hat und anderswo eine angemessene Verwendung finden kann. Virginie hat ihre Sachen ebenfalls eingepackt und einen ziemlich großen Vorrath von Leinenzeug beigelegt, um auf dem Lande ihre gewohnten Arbeiten fortzusetzen. Dann wird von der ganzen Hausbewohnerschaft in der Rue du Temple, von der Makkabäerfamilie und deren Papagei, von dem Clarinettisten und dem Wurstmacher Abschied genommen und eines schönen Morgens fahren die Auswanderer auf der Straßburger Eisenbahn bis Ermenonville.

Es versteht sich von selbst, daß Oswald Abends vorher dagewesen ist, um seiner Braut Lebewohl zu sagen. Die beiden Liebenden haben mit Thränen von einander Abschied genommen; aber Horace hat so zuversichtlich von ihrer nahebevorstehenden Hochzeit gesprochen, daß sie durch ihre Thränen gar freundlich gelächelt haben.

Endlich hat Oswald noch die Nachricht gebracht, daß sein Oheim und seine Tante wahrscheinlich übermorgen ihr neues Landhaus beziehen würden.

»Schön!« erwiedert Horace; »wir können sie bei ihrer Ankunft begrüßen. Es wird Herrn Bouffi gewiß großes Vergnügen machen, es ist eine Ueberraschung, die ich ihm bereite.«

Vor der Abreise war Horace zu Madame Huberty gegangen, um ihr noch einmal Lebewohl zu sagen, aber er hatte eine verschlossene Thür gefunden.

Endlich sitzt man im Waggon; in den ersten Minuten der Fahrt ist die Stimmung ziemlich ernst, denn der Gedanke an die Zukunft drängt sich unter solchen Verhältnissen unwillkürlich auf. Madame Rennecart denkt: »Wir werden in dem schönen Landhause Duvalloir's wohnen, das ist sehr gut für den Augenblick; aber über kurz oder lang wird die Besitzung verkauft werden, und was sollen wir dann anfangen?«

Virginie seufzt, weil sie sich von ihrem Bräutigam entfernt, weil sie ihn fortan nur selten sehen wird und weil sie fürchtet, er werde sie vergessen. Alle weiblichen Wesen verlangen, daß man unaufhörlich an sie denke, selbst wenn sie nicht mehr an Die denken, von denen sie es verlangen.

Horace endlich grübelt über seine gescheiterten Liebeshoffnungen und erschöpft sich in Vermuthungen über den Schatz, den sein Vater für ihn aufgespart.

Aber als die drei Reisenden aus dem Waggon gestiegen sind, als sie sich im Freien, in der reizenden Umgebung von Ermenonville befinden, als sie sich dem Dorfe Montagny nähern und den heimatlichen Boden wieder betreten, da verschwinden alle Besorgnisse, die Niedergeschlagenheit weicht einer gehobenen, freudigen Stimmung. Jeden Augenblick erkennt Virginie ein Gebüsch, einen alten Baum, einen Fußpfad wieder; bei jeder Erinnerung an ihre Kindheit jauchzt sie laut auf und sagt:

»Tante, hier sind wir oft mit Dir gegangen... dort, unter dem großen Nußbaum habe ich gespielt... dort habe ich Haselnüsse und Brombeeren gepflückt...«

»Hier bin ich mit meinem Vater oft auf der Jagd gewesen,« sagt Horace; »das heißt, ich hatte keine Flinte, aber er nahm mich mit, und ich trug den Hasen, den er geschossen, nach Hause.«

»Ja, ja, Kinder,« erwiedert Madame Rennecart, »ich erkenne alle Plätze, alle schönen Aussichtspunkte wieder. O, wie freue ich mich, daß ich wieder hier bin! Mich dünkt, daß man hier freier athmet, als in Paris.«

»O ja, Tante. Es ist ein großer Unterschied. Hier ist die Luft würzig, von Blumen und Kräutern durchduftet. In Paris hingegen gibt es gar unangenehme Gerüche, wenn Asphalt gekocht wird und die Senkgruben ausgeleert werden. O, die schönste Stadt kann hinsichtlich der reinen Luft und Gesundheit nie mit dem Landleben verglichen werden.«

Aber als man die Klatschrosenwiese erblickt, geht die Freude in lauten Jubel über, zumal bei Virginie, welche das väterliche Besitzthum seit ihrem neunten Jahre nicht wiedergesehen hatte. Sobald sie die mit Blumen bedeckte Fläche erkennt, zeigt sie sie ihrer Tante, ihrem Bruder und eilt voraus und springt, wie in ihrer Kindheit, auf der Wiese umher.

»O wie schön ist's hier!« sagt sie, sich ins Gras setzend. »Welche Wonne! Wie freue ich mich, meine liebe Wiese wiederzusehen!«

Madame Rennecart, die ihr nicht folgen kann, findet die Ausgelassenheit ihrer Nichte nicht ganz schicklich.

„Virginie!" sagt sie, als sie endlich neben dem wonnetrunkenen Mädchen steht, „Du wirfst Dich ja ins Gras wie ein achtjähriges Kind! Ein großes siebzehnjähriges Mädchen!"

„Gönne ihr doch die Freude, Tante," erwiedert Horace; „sie erkennt die Plätze wieder, wo sie als Kind so oft gespielt hat; es ist ja natürlich, daß sie sich in ihre Kindheit zurück versetzt. — Springe und hüpfe nur nach Herzenslust, Schwesterchen, wenn Du auch einigen Klee und Thymian zertrittst. Wenn der neue Eigenthümer nicht zufrieden ist, so hat er's mit mir zu thun!"

Virginie steht auf, aber sie ist ernsthaft geworden.

„Ja, es ist wahr," sagt sie mit Wehmuth, „die Wiese gehört nicht mehr uns . . . ich hatte es vergessen."

Die Geschwister bleiben stehen, um das Landgut zu begrüßen, wo sie geboren sind, wo sie ihre Kindheit verlebt haben, wo ihr Vater gestorben ist. Dann sehen sie einander an und verstehen sich; sie wollen bald den anspruchlosen Friedhof des Dorfes besuchen, um an seinem Grabe zu beten. Hier sind keine prunkenden Monumente, keine durch die Kunst geschmückten Gräber, welche mehr die Eitelkeit der Lebenden als die Liebe zu den Verstorbenen bekunden. Auf dem Lande führt der einfache Friedhof seinen Namen mit Recht. Man besucht ihn, um der Verstorbenen im Gebet zu gedenken, und nicht um Monumente zu bewundern. Je einfacher ein Friedhof, desto schöner ist er.

Endlich kommt man an das Gitterthor des Sykomorenhauses, und Horace sagt:

„Da ist unsere neue Wohnung! sie ist auch nicht zu verachten."

»O, es ist sehr schön,« erwiedert Madame Rennecart, »und es scheint mir, daß das Haus seit acht Jahren bedeutend verschönert worden ist.«

»Ich glaube, daß Du Recht hast, Tante, zu unserer Zeit war es nicht so elegant. — Aber wir brauchen nicht zu läuten, ich sehe einen muntern, derben Burschen kommen, es ist vermuthlich der Gärtner.«

»Und dort ist eine hübsche Bäuerin,« setzt Virginie hinzu; »es wird die Gärtnerin sein.«

Es waren in der That Jacquet und seine Frau, welche die von Duvalloir angemeldeten Personen erwarteten.

Die beiden Leute erschöpfen sich in Complimenten und Kratzfüßen; der Mann sagt, als er das Gitterthor geöffnet:

»Treten Sie ein, meine Herrschaften. Sie sind doch Herr Horace Vermont mit Tante und Schwester?«

»Ja wohl,« antwortet Horace lächelnd; »wir sind vollzählig, meine Tante, meine Schwester und ich. — Herr Duvalloir hat Ihnen angezeigt...«

»Ja, Herr Vermont, er hat mir geschrieben, daß ich Sie als meine Herrschaft ansehen soll, daß Sie hier zu Hause sind.«

»O, nicht ganz!«

»Entschuldigen Sie, Herr Vermont, Sie haben ja das Landgut gekauft.«

»Wer hat Ihnen das gesagt?«

»Man hat mir's nicht gesagt; aber Herr Duvalloir hat mir befohlen, die ausgehängte Tafel abzunehmen und das Haus Niemandem mehr zu zeigen: es versteht sich also von selbst, daß Sie es gekauft haben.«

Horace sieht seine Tante an; diese macht große Augen und sagt zu Jacquet:

»Herr Duvalloir ist noch Eigenthümer dieses Landgutes; aber da er uns gestattet, das Haus in seiner Abwesenheit zu bewohnen, so haben Sie die Gefälligkeit, uns die Zimmer zu zeigen, in denen wir wohnen können.«

»Alle Zimmer des Hauses stehen zu Ihrer Verfügung, Madame, Sie haben zu wählen. Meine Frau wird Sie begleiten. — Jeannette!«

Die junge Gärtnerin tritt mit einigen Knixen vor, und ihr Mann sagt sehr vergnügt zu ihr:

»Jeannette, das ist unsere neue Herrschaft. Die Andern kommen nicht. Es ist Dir lieb, nicht wahr? Du hast gefürchtet, es könnten die Andern sein.«

»O ja wohl. Ich glaube, daß wir mit ihnen nicht gut ausgekommen wären.«

»Was für Andere meinen Sie?« fragt Horace.

»Wir wollen's Ihnen später erklären.«

»Ja, ja, später,« fügt Madame Rennecart hinzu. »Jetzt zeigen Sie uns die Zimmer; denn wir sind zu Fuß von der Eisenbahn gekommen und ich bin sehr müde.«

Frau Jacquet führt die Gesellschaft in das Haus. Man geht sogleich in den ersten Stock, wo die Schlafzimmer sind. Die Gärtnerin öffnet einige derselben.

»O wie elegant!« rufen Tante und Nichte einstimmig. »Wie schön möblirt! — Dieses Zimmer ist zu schön, zeigen Sie uns ein anderes.«

»Meine Damen, alle Zimmer sind gleich möblirt, ein häßlicheres werden Sie nicht finden.«

»Dann nehme ich dieses,« sagt Madame Rennecart und legt ihre Handtasche auf einen Tisch.

»Und ich das Zimmer gegenüber,« ruft Virginie und hüpft in ein rosenfarben tapezirtes Zimmer, welches die Aussicht in den Garten bietet.

Horace ist inzwischen in den zweiten Stock hinaufgegangen und hat für sich ein sehr einfaches Stübchen gewählt, welches bisher als Wäschkammer gedient hatte; aber am Fenster kann man die ganze Wiese übersehen. Vergebens gibt ihm die Gärtnerin zu bedenken, daß in diesem Zimmer kein Bett und kaum Platz für ein solches sei, daß er im ersten Stock viel besser wohnen würde. Horace bleibt bei seinem Vorsatz; er hat seine Gründe, die Wiese mit einem Blick übersehen zu wollen, und der Gärtner erhält den Auftrag, ein Bett in dem Stübchen aufzustellen.

Nach einer kurzen Rast sehen die Geschwister ihre Tante fragend an.

»Ich verstehe Euch, Kinder,« sagt diese; »Ihr wollt eurem Vater einen Besuch abstatten; ja wir wollen an seiner letzten Ruhestätte unsern Dank aussprechen für das Glück, das uns an diesem Orte, wo er so gern weilte, zu Theil wird. Dieses Glück hat er uns wahrscheinlich beschert, denn dort oben muß ein Vater über seine Kinder wachen.«

Man begibt sich zum Friedhofe, der auf der andern Seite des Dorfes ist. Unterwegs wird Madame Rennecart, die sich in neun Jahren wenig verändert hat, von mehreren Einwohnern erkannt. Nicht so die Geschwister. Virginie war neun, Horace dreizehn Jahre alt gewesen, als sie fortgezogen waren. Statt eines Kindes und Knaben erblicken die Leute einen kräftigen, schönen jungen Mann und ein schlankes, hübsches, anmuthiges Fräulein. Auf die Kunde, daß es die Kinder des einst allgemein beliebten und geachteten Vermont sind, eilen die Landleute herbei und geben ihre Freude zu erkennen; die Frauen küssen Virginie, die Männer begrüßen Horace mit einem derben Händedruck. Die Geschwister sind tief gerührt über diese Freundschaftsbezeigungen und danken den Bauern. Die Tante bekommt auch ihren Antheil an dem herzlichen Empfange, und als sie alle Drei am Grabe des Verewigten stehen, danken sie ihm für das gute Andenken, das er auf Erden zurückgelassen; denn ein mit Recht verehrtes Gedächtniß wirkt oft mehr Gutes als viele lebende Menschen.

Als sie wieder in das Sykomorenhaus treten, eilt ihnen die Gärtnerin entgegen und sagt:

»Der Tisch ist gedeckt, wenn's gefällig ist.«

»Der Tisch ist gedeckt!« wiederholt Madame Rennecart erstaunt; »wer bewirthet uns denn?«

»Madame, nach dem Befehl des Herrn Duvalloir steht Alles, was Garten und Hühnerhof erzeugen, zu Ihrer Verfügung. Meinem Jacquet und mir kommt's ja auch zu gute, obschon wir nur Dienstleute sind. Wir haben eine Kuh, wir haben Geflügel, Gemüse und Obst im Ueberfluß, Sie brauchen also, wie wir, nur Brot zu kaufen. Für den Augenblick haben wir im Garten grüne Erbsen, Spargel, Kohl, Sauerampfer, Salat, Rettige, Kirschen, Stachelbeeren; und wenn man dazu junge Hühner und Eier hat, so kann man sich's recht wohl schmecken lassen. Und Wein gibt's auch im Keller; wir hatten freilich nicht die Erlaubniß, davon zu nehmen, aber wir haben Befehl erhalten, Ihnen davon zu geben.«

»Ich habe schon Wein heraufgeholt,« fügt Jacquet hinzu.

»Wir sind ja in das Schlaraffenland gekommen!«

»Liebe Tante,« erwiedert Horace, »Du zweifeltest, ob wir hier genug haben würden, um zu leben; was sagst Du jetzt? Du wirst hier Geld machen und eine reiche Frau werden. — Vor der Hand wollen wir Herrn Duvalloir unsern Dank abstatten und uns zu Tische setzen, denn die heimatliche Luft macht mir einen prächtigen Appetit.«

Der Tisch ist in dem schönen ebenerdigen Speisesaale gedeckt, und Jeannette sagt zu ihren neuen Gästen:

»Wenn Sie lieber vorne im Garten, unter der Laube speisen wollen, so will ich dort den Tisch decken.«

»Liebe Frau,« erwiedert Madame Rennecart, »vor Allem dürfen Sie es nicht für Schuldigkeit halten, uns zu bedienen. Mein Neffe und meine Nichte sind jung; ich selbst bin noch recht gut auf den Füßen, wir brauchen keine Dienerschaft. Sie haben ohnehin genug im Garten zu thun ... den ich freilich noch nicht betreten habe, der mir aber sehr groß zu sein scheint.«

»O, der Garten geht mich an,« sagt Jacquet; »meine Jeanette hat noch Zeit übrig, und wenn Sie etwas brauchen, so dürfen Sie es nur sagen ... denn Gott sei Dank! so wie die Anderen werden Sie es nicht machen.«

»Lieber Herr Jacquet,« sagt Horace, nachdem er den Wein gekostet und vortrefflich gefunden hat, »könnten Sie mir jetzt nicht erklären, wer die Anderen waren, die bei Ihnen keine angenehme Erinnerung hinterlassen zu haben scheinen.«

»Ja wohl, Herr Vermont, ich will's Ihnen erzählen.

— Vor etwa vier Wochen schrieb uns Herr Duvalloir, es würden Leute von Paris kommen, um das Landgut in Augenschein zu nehmen, und er gab uns den Befehl, die ganze Gesellschaft, unter welcher sich ein Kaufliebhaber befinde, so gut wie möglich zu bewirthen. Den andern Tag kommt wirklich eine große Calesche mit sieben Personen, ohne den Kutscher; es waren drei Damen und vier Herren. — Ich empfange sie wie sich's gebührt und thue Alles was ich kann. Aber Sie hätten sehen sollen, was die Damen hier trieben! Die eine, die schon ins alte Register gehörte, aber trotzdem einen Strohhut so groß wie ein Regenschirm und einen Arm voll Blumen darauf trug, wollte behaupten, es gebe Schlangen im Garten. Das ist aber nicht wahr, fragen Sie nur die Jeannette. Die jüngste lief über alle Rabatten und pflückte alle Blumen ab. Und die dritte ... ich weiß nicht, was sie gemacht hat."

"Sie ging immer mit einem Herrn in den dunkelsten Laubgängen," setzte die Gärtnerin lächelnd hinzu.

"Und nun gar die Herren! Der eine will durchaus Billard spielen und stößt ein großes Loch in's Tuch; ein anderer, der Banquier genannt, geht fort, ich weiß nicht wohin, und kommt mit einem tüchtigen Rausch zu Tische. Und der dritte ... ha! wenn ich's gewußt hätte, ich würde ihm einen tüchtigen Denkzettel gegeben haben! Aber Jeannette sagte damals noch nichts ..."

"Ei, was hat er denn gemacht?"

"Denken Sie sich, dieser Schlingel, Coq ... Coquelet wurde er genannt, schleicht meiner Frau nach und kneipt sie, mit Respect zu sagen, in den ..."

"Ja, aber er hat auch seine Strafe dafür bekommen!" -

fällt die Gärtnerin ein; »ich habe ihm eine tüchtige Ohrfeige gegeben. Ich wette, daß ihm die Augen übergegangen sind.«

»Das war nicht genug,« fügt aber Jacquet hinzu; »Du hätteft mir das sagen sollen, und ich würde den Hanswurst tüchtig gewalkt haben.«

»Bah, seine Frau kam gerade dazu, als er die Maulschelle bekam, das war noch besser.«

»Wie, Madame Coquelet?«

»Sie überraschte ihren Mann, als ich ihn eben maulschellirte; sie dankte mir dafür ... und er schlich sich fort wie ein begossener Hund.«

»Das war noch nicht Alles. In der Nacht wurde der Herr mit dem Rausche krank. Wir wurden geweckt und mußten Thee machen. Ich gab ihm Leinsamen ...«

»Und die Frau verlangte, ich sollte den Herrn mit auskleiden helfen. Ich aber sagte, daraus wird nichts, Madame, ich ziehe nur meinem Manne die Kleider aus, und der braucht mich nicht einmal dazu.«

»Ja, das war eine saubere Sippschaft! — Sie können denken, meine Herrschaften, daß wir einen Schrecken bekamen, als uns Herr Duvalloir schrieb, daß Jemand das Haus beziehen werde; wir glaubten, es sei Jemand von der Gesellschaft. Wenn's Herr Coquelet gewesen wäre, hätten wir unsern Dienst aufgegeben, nicht wahr, Jeannette?«

»Das versteht sich. Jacquet ist eifersüchtig wie ein Truthahn, er läßt seine Frau nicht kneifen.«

»Er hat vollkommen Recht. Aber ich hoffe, daß wir gut mit ihm auskommen werden.«

»O, wir freuen uns sehr, daß wir jetzt bei Ihnen im Dienste sind; wir wollen thun, was wir können, um Ihre Zufriedenheit zu verdienen.«

»Die beiden Leutchen wollen durchaus in unseren Diensten sein,« sagt Horace, als Jacquet und seine Frau fort sind. »Nun, wenn's ihnen Vergnügen macht, wollen wir es ihnen nicht wehren; nicht wahr, Tante?«

»Lieber Horace, mein Aufenthalt in diesem Hause scheint mir ein Traum. Herr Duvalloir will auch für unsern Unterhalt sorgen ...«

»Nun, wir wollen ihm die Freude nicht verderben. Ich denke, wir weisen das Glück, das uns geboten wird, nicht von der Hand. Wir werden immer noch genug Leute finden, die es nicht so gut mit uns meinen.«

Nach Tische begeben sich die neuen Bewohner des Landhauses in den Garten und den kleinen Park. Als sie in das Haus zurückkehren, gehen sie in den Salon, den sie noch nicht besucht haben. Horace ist freudig überrascht, als er ein Piano bemerkt.

»Wie, kannst Du denn spielen, Bruder?« fragt Virginie erstaunt.

»Ein bischen. Während meines Aufenthaltes in Rouen ging ich oft zu einer Dame, die musikalisch war. Ich fing an zu klimpern, und da ich für Musik schwärme, so unterrichtete mich die Dame. Ich lernte sehr schnell, und so habe ich hinlängliche Fertigkeit bekommen, um einen Tanz zu spielen oder deinen Gesang zu begleiten.«

»Und hoffentlich, um mich auch zu unterrichten?«

»Ja, Du sollst jeden Abend eine Lection haben.«

»Das ist schön! Aber Oswald soll es nicht erfahren,

ich will ihn überraschen mit einem Liede, zu welchem ich selbst die Begleitung spielen werde."

Und Virginie hüpfte vor Freude, während die Freude ihres Bruders durch die Verstimmung des Instruments und durch die eingerosteten Tasten bedeutend herabgestimmt wird; aber er hofft diesem Mangel bald abhelfen zu können

Die neuen Hausbewohner begeben sich zeitig in ihre Zimmer, weil sie von der Reise ermüdet sind. Der Schlummergott bringt ihnen süße Träume, denn Träume sind immer der Nachhall der Gefühle des vorigen Tages.

Ende des vierten Theiles.

Druck und Papier von Leopold Sommer in Wien.